デッドヒートV

須藤靖貴

ハルキ文庫

角川春樹事務所

デッドヒートV

1

速いランナーが実業団チームに入って大会に出ると企業広告になる。そのくらいの理屈はおれにだって分かる。

でも、そこから先の、給料の話になるとよく分からない。

「同期の連中よりも給料が多いんやろ。マラソン手当や。十万くらい違ういうやないか。キミ、どのくらい、もろうとるの？」

取引先のスーパーのバイヤーにそう言われた。なんだよマラソン手当って。そんなみみっちい言葉、初めて聞いた。たいていの実業団ランナーは一般社員よりも仕事が少ないから、給料面ではそれで釣り合っているんじゃないか。おれのチームはクラブチーム化していて、金のために走ったことなど一度もない。なんかイヤな言葉だ。

おれは金の計算が好きでも得意でもないし、同期と給料の話なんてしたこともない。それで、ポケットを探ってくるような不粋な問いに対して先月の給料の額をそのまま言うと、

「なんや。普通の安月給やないか。ただの都市伝説か」

そう鼻で笑われたのだった。大きなお世話だ。

「青葉《あおば》さんもケチくさいわなぁ。ウチやったら、倍は払うで。キミは箱根で10区を走ったやろ。10区の視聴率は三十パーセント超え言うやないか。しかもゴール前はデッドヒートやったやん。何百万人が、キミのその顔を見た思うとるんや。その効果は計り知れんで。そやろ？」

それはそやな、と思う。

たいていの営業先で「ああ、修学院《しゅうがくいん》の走水剛《はしりみずたける》やな。駅伝、見とったで」と歓迎される。ただしその後で、必ず「キミ、アホやなぁ」などと笑われてしまうんだけど。

最終の10区で襷《たすき》を受けたおれは、ペース度外視で突っ込んでいった。前の二校を猛追したゴール前、意識が朦朧《もうろう》としてしまい、どういうわけかラストで襷を外して走ったんだ。襷を次の走者に届けなきゃって思い込んでいたんだろう。行き先にはゴールテープがあるばかりなのに。

三人で並走してデッドヒートになり、おれはクビ差の三位だった。チーム関係者には襷を外した分がロスだったと散々言われた。箱根駅伝史上最大の勘違いとスポーツ紙にも書かれた。三人デッドヒートも箱根駅伝史上初のことだから、テレビニュースでも再三流されたらしい。

大阪にある青葉製薬に就職して何度アホと言われたか。関西人はアホって言葉が好きらしい。おれも気に入っている。よく聞く比較論で、東京の「バカ!」と比べると、「アホ」は語感が柔らかい。ただし、おれは関東風も嫌いじゃない。うどんの汁の違いと一緒で、両方悪くない。どっちを言われたって痛くも痒《かゆ》くもない。

バカとアホ、どっちを多く言われたか、などと詰まらぬことを思う。

大学卒業まで、青葉製薬に就職する前はバカ一辺倒だった。今、アホがバカを猛追している。おれも社会人三年目、二十四歳だ。

半年ごとに出る営業成績では、一度同期でトップになった。箱根駅伝の10区で顔をさらしたおかげなのだろう。

やっぱり、おれは走った実績でメシを喰《く》っている。

2

牛カツをおかずに丼メシを四杯喰って体を横たえていた。

社員寮の自室の窓を開け放つ。四月の気持ちのいい夜だ。風はほとんどないものの、花の甘い匂《にお》いが緩やかに流れ込んでくる。遠くに平べったいビルがあり、窓の並びが将棋盤のように見える。

さて「腹筋チャレンジ」でもやるかと思っていると、めずらしく時崎太郎《ときさきたろう》から電話がかかってきた。話す前から「バカ!」って罵声《ばせい》が聞こえてくるようだ。

太郎こそが「バカ!」の配給王だ。

中学からの付き合いだから、太郎からバカ呼ばわりされたのは優に千回を超えるだろう。こうなると叱咤《しった》の効果なんてなくて、バカのインフレ状態、あいさつ代わりだ。

太郎の用件は決まっている。バカと言う以外は、優一《ゆういち》の墓参りの算段に違いない。やはりそうだった。

この夏、実家の群馬に帰る日を伝えると、そっけなく電話を切ろうとするから、「ちょっと待て」と引き止めた。

太郎も箱根10区を走った。ゴール前、おれは太郎に負けた。太郎にも視聴率三十パーセントの影響があるはずだ。

「そんなもの、まったくない」

太郎はいつものように冷たく答える。

「三人で競っての二位って、まるで目立たない。一位に主役を持っていかれるのは仕方がない。でも、なんで三位のタケルが目立つんだよ。おれが埋没したのは、おまえのバカのせいだ」

出た。おれは春の夜気の中で笑みを浮かべてしまった。これが出ないと、どうも調子が狂う。

「二年前のことでバカ扱いされても困るぜ。相変わらずだな。そういうのを、バカのひとつ覚えって言うんだ」

「おまえがいつまで経《た》ってもバカだからだ。とにかくタケルのバカは、あれで打ち止めにしてくれよな。まったく飛び切りのバカだったぜ」

バカが飛び出して安心したから、ついでに給料のことを聞いた。太郎がさらりと口にした月給はおれよりもかなり多かった。

「珍しいじゃないか。金のことを聞くなんて。羨《うらや》ましいのか」

「ちっとも羨ましくない。10区ランナーは給料が高いって、聞いたもんだからさ」

「おれは……タケルが羨ましいよ」

え？　予想外の言葉が返ってきた。

「おまえのことだ。大阪で気分よく走ってるんだろ。すいすいって感じで。青葉製薬の廃部、業界ではちょっとした事件だったけどさ。クラブチーム化して、かえって楽しくやってるらしいじゃないか」

「気分よくとか楽しくとか、結局はただ走るだけだ。部がなくなっても、なにも変わらないよ。なんだ、おまえこそ珍しいことを言うじゃないか。気分よく走ってないのか」

「いや……。こっちは、なんか窮屈でな。まあ、そんな話をタケルにしても意味ないな」

それで電話が切れた。

「なんや太郎のやつ。えらい弱気やったな」

関西弁でつぶやいてみた。

ちょっと驚いた。

太郎はプライドがユニフォームを着て走っているような男で、日本の陸上界は自分がいなけりゃ困るだろうという空気を漂わせている。顔もクールで、背が高いせいで人を見下すような目つきになる。中学から今まで、弱気な発言は聞いたことがない。

毒を吐く者は時に薬も吐く。太郎はここ一番でいいアドバイスをくれた。

高校三年の夏。チームメイトの幸田《こうだ》優一がトラックに轢《ひ》かれて死んだ。見通しの悪い交差点に、自転車で突っ込んだんだ。優一と太郎とおれは同じ中学の陸上部員だった。親友の突然の死に、おれはなにもかもが嫌になってしまった。そのときに太郎は手紙をくれた。慰めと叱咤が半々の手紙だった。太郎の手紙は、今でも群馬の実家の勉強机の引き出しにしまってある。

大学のときも、ちょくちょく口を出してきた。

大学三年の信濃での夏合宿。ふらりと修学院大《ウチ》の宿舎に現れて、おれを励ましてくれた。

そして大学四年の箱根駅伝の直後。優一の墓の前だ。雪の降る寒い日だった。そういう場面だって、太郎はおれをバカ呼ばわりした。

まだまだある。高校三年の駅伝県大会で同じ区間を戦ったとき。デッドヒートになって走り切った直後に「このシロウトが！」と突っかかってきた。それで殴り合いになり、おれは高校の監督からこってり絞られた。「試合中は、リザーブも走り終えた選手も、全員で戦ってるんだ。そんな最中に喧嘩《けんか》するヤツに、駅伝を走る資格なんてない！」と。それで頭を丸めたんだ。

大学一年、初めての記録会のときだ。つまずいたランナーをおれは起こしてやった。レース中に転倒者を構うことは前代未聞だが、身体《からだ》が動いてしまったんだから仕方がない。それを太郎から散々けなされた。

おれは物事にこだわらないほうだから、言われなければ気づかない。太郎にバカ呼ばわりされて、「それもそうだな」と反省したことも多い。

おれは窓から顔を出して夜空を見上げた。雲の隙間《すきま》で星が輝いている。

「太郎はさ」

つい、言葉が出た。

「バカって言われたこと、あるのかな」

たぶんない。あったとしてもこれまでに十回以下だろう。

いかにも利口そうな顔をしているし、実際ずっと優等生だし。そういえば、太郎に「バカ！」と言われたとき、おれは言い返さない。それは太郎がバカじゃないからか？ そういうわけでもない。キツい言葉が出ないんだ。そのかわりに手が出て、殴り合いになってしまう。

無意識に気を遣ってるのかもしれない。

太郎は、キツい言葉に弱いんじゃないか。

ハードパンチャーはハードパンチに弱い。そんなボクシングの言葉もある。毒を吐く者は毒に弱い。「傷つきやすい人間こそ、容易に人を傷つける」という、大学で受けた児童心理学の講義が頭に過《よぎ》る。同期入社の雨嶋温子《あめしまあつこ》も同じようなことを言っていた。おれはその話を聞いたとき、太郎の顔を思い浮べた。

太郎に言い返せないのは――おれが弱いせいだ。もう友達を失いたくないんだ。

太郎を傷つけて、太郎を失いたくない。太郎を守っているんじゃない。自分の弱い心を守っているんだ。

いや。おれは首を横に振った。考え過ぎだろう。

太郎は頭の回転がいいから、いろいろな不備にすぐに気づき、それを口にする。思慮深そうな顔をしていて、実はそうでもない。冷静そうな目をしているくせに、すぐに頭に血が上る。単純にそういうことだろう。

ただし、陸上界での太郎の評判は外見のままで、インテリのエリートランナーなんて言われている。人は見た目が九割などと言うらしいが、そのとおりに違いない。深く長く付き合わなければ、外見以上のことなんて分かるわけがない。

ではなぜ、おれにばかり毒を吐く。

太郎も、友達を失いたくないんだ。

おれだって、時を巻き戻すことができたら、あの夏に戻りたい。優一の自転車の後ろに何度も乗せてもらった。優一は懸命にペダルをこぎ、交差点にノーブレーキで突っ込んでいった。「長距離選手が、ブレーキをかけちゃダメだよな」などと笑っていた。おれも一緒に笑っていたんだ。

あのとき、「バカ！　ムチャな運転するな！」って真剣に怒っていれば。今年の夏には三人でビールが飲めたかもしれない。

太郎の「バカ!」には、いつだって真剣味があるんだ。
将棋盤に似たビルの窓。その灯りが一つ消えた。

3

おやじはプロの将棋指し、走水龍治《りゅうじ》八段だ。

将棋のことはおれには分からないが、タイトル戦に出るくらいだから弱いほうではないんだろう。去年の春、名人戦・七番勝負の挑戦者になった。結果は一勝四敗。ぶっちぎられて破れ去った。なんだおやじも大したことはねえなと弟の将《まさる》に言ったら、電話口で散々叱られた。

「なんにも分かってねえな兄ちゃんは。名人戦に出るだけですごいことなんだぜ。しかも、最強の加須《かぞ》名人に一矢報いたんだ。走水八段、すげえんだぜ」

将は声をぶつけてきた。おやじは名人の次に強い棋士なんだと。将はおやじのことを走水八段と呼ぶ。

「銀メダルってことか。おやじにしては頑張ったけど、一勝四敗じゃツラいな」

「結果だけ見ればね。でも紙一重さ。負けた四番だって大接戦だったし。なにより、勝った一番がすごかったんだ。走水八段、勝負どころで一手に五時間三十分もかけたんだ。記録的大長考だよ」

五時間三十分！

おやじ、バカじゃねえの？

なんでも、局面が不利だから長く考えるらしく、大長考して勝つのはすごいことのようだった。つまり大逆転だ。

「新幹線で東京・新大阪を往復できるじゃないか」

「センスねえな。フルマラソンを二度走っておつりがくる、くらい言えよ。ランナーなんだからさ」

この三歳違いの弟は昔から生意気で弁が立つ。おれに似ず相当な秀才で、地元国立大医学部の四年生だ。

「ランナーに言葉のセンスなんて要らない。しかしおやじ、ぶっとんでるな」

「しかもさ。……兄ちゃんに言っても分からないだろうけど、指したのは、長考で読んだ手じゃないんだ。ぱっと閃《ひらめ》いた手を指したんだよ」

「だったらなんで五時間半も考えたんだ」

「そこが走水八段のすごいところなんじゃないか。五時間二十九分かけて読んだことが、残りの一分の閃きを生んだんだよ」

「それって、無駄じゃないのか」

「無駄じゃないんだ。Aという手をとことん長考したおかげで、Bという別の手が指せたんだよ」

「それって、勘ってことだろ」

「勘ってすごいんだぜ。命をかけて考えた末の勘なんだ。そういうのって、理屈とかデータとかを超えた、説明不能の人間の能力じゃないかな。すぐれた棋譜を残すのが棋士の仕事だけど、走水八段はすぐれた対局姿勢を見せたんだ」

たしかに、親父の必死さは伝わってくる。金縁眼鏡のあの顔で、五時間三十分盤面を睨《にら》みつけていたんだ。

おれは物心ついたときからずっとおやじに頭を押さえつけられてきた。

おやじはたいてい眉間《みけん》に縦皺《たてじわ》を作っていて、笑顔の記憶がほとんどない。眼鏡の奥の目つきが鋭く、よく知らないけど将棋の対局と同じような視線でおれを見る。言葉には出さないが「お前はダメだ」と言われているような心持ちになる。

おやじは声を荒らげたりキレたりはしないものの、淡々と理屈っぽく説教をし、次々に質問の矢を放った。端的に答えないと不機嫌度が増す。特にあいまいな言葉遣いが気に入らないらしく、常に断言調を求める。おやじの言葉もほとんどが断言調だ。

なんといっても思い出深いのは高校三年の春。群馬の実家の夕食時だ。

「陸上の長距離をやっているが、目標はなんだ」と問われて、「一万メートルで、県のベスト10に入りたい」と答えたら、怒りだした。「そんなのは目標とは言わない」と言う。

おれは背筋を伸ばした。おやじの質問攻めを素早く受けきり、早く母さんが作ったご馳走《ちそう》を食べたかった。

「じゃあ、県で一番になる」

「群馬で一番か。そんなものが目標か」

「そんなこと言ったって、まだ全然タイムがダメだから」

「高校とか群馬とか、近視眼的なことを目標にすべきではない」

「じゃあ、インカレの一万メートルで一位になる」

「人の言葉の真意をなぜ考えられん。大学も近視眼的だ。そもそも、一万メートルというのは長距離なのか」

楽しいはずの食卓が、いつもこういう具合になる。

そこで、「一万メートルをしっかり走り、マラソンに移行して、オリンピックを目指す」と宣言した。するとおやじの顔が少し柔らかくなり、でもすぐに鋭い目つきに戻った。

「そんなものが目標か」

思い切ってオリンピックを持ち出したのに、まだ不足があるのか。ここまでくると、おれの口もさすがに尖《とが》ってくる。食卓には母さんと将もいて、おやじとおれのやりとりを黙って聞いているのだが、ここぞというときに「頑張れ！」と声をかけてくる。このときの母さんの声援は、「もう一声！」だった。

「オリンピックの日本代表になる」

「それでどうする」

「金メダルを獲《と》る！」

ようやくおやじはうなずき、泡の消えたビールに口をつけた。

このときの宣言が、今に至っても目標だ。

こんな感じで、おれはおやじに誉《ほ》められたためしがない。件《くだん》の箱根10区のデッドヒートにしても、「ああいう場面で勝ちきれないのは、人間力が弱いからだ」などと言ってくるからやってられない。それこそ分かっちゃいない。おやじには優しい言葉、周囲を和ます配慮というものがない。

おやじはときおりテレビ将棋の解説をする。なんでも、おやじが解説をすると視聴率が格段に上がるらしい。すべてを断言調でしゃべるからだ。「今の一手で、はっきり○○八段の勝ちです」などと言う。しかし将棋というものは常に一手差の接戦らしく、○○八段が緩い手を指せばたちどころに逆転するから、ひるがえって「△△七段の勝ちです」などと断じるのだった。それが一手一手で炸裂《さくれつ》するから、アシスタントの女性が吹き出してしまうこともしばしばだった。普通、将棋の解説者は柔らかい曖昧《あいまい》な表現で上手に戦況を伝えるのが常套《じょうとう》なのに、おやじにすればそれは卑怯《ひきょう》な棚上げ論法なのだ。戦況は必ずどちらかに傾いていて、おやじはそれを断言する。まさに迷解説だ。

おれが社会人になってからも、走水流迷解説が出た。

盤上で駒《こま》がぶつかった局面で、「この将棋は早く終わります」とおやじが断じたとき、女性アシスタントが「マラソンではゴールまでの距離が決まっていますけど、将棋の場合はゴールが分かりませんよね」と受け、「走水先生のご長男、マラソン選手なんですよね。オリンピックを目指していらっしゃるとか」と話題を振った。

すると親父は目をつぶり、

「金を取ります」

と言った。

アシスタントが驚いていると、「金以外、ありません。銀ではダメです」と断じた。

「やっぱり、金ですか」

「銀を取るようでは負けです」

「はあ。でも銀でも、すごいことだと思いますけど」

「絶対に金です」

「比較してしまうと、それはそうでしょうけど。それはやはり、最上を目指す、勝負師のプライドというか」

「価値が違います」

「そうでしょうか」

「紙一重の差です」

「そうでしょうね」

「紙一重ですが、その差は明白です。後手の玉が端に逃げたとき、金を打てば逃げ道がありません」

「はあ？」

「銀だと上に逃げられて、逆転されます」

「あ、将棋の話ですか」

「将棋以外に、なんの話がありますか」

こんな感じで、話が嚙《か》み合わなかったのだった。

放送の後、ネットでは「走水八段は、意図的に話をズラして、アシスタントをからかっていた。性格、悪！」などと書かれたらしいが、おやじにそんな洒落《しゃれ》た芸当はできない。また年下の女性の発言に無視を決め込むほど性悪でもない。たぶん、アシスタントの最初の振りに、心の中で「そうです」とうなずき、それで息子（つまりおれ）の話を打ち切った。あとは普通に盤面に集中していただけだ。

不愉快だが、おれにはおやじに似ているところもある。

おやじは五時間半考えて、パッと閃いた手を指した。おれは腰を据えて物事を考えることは滅多にないが、思いついたことをすぐに決断する。そのあたりは遺伝なのかと認めざるをえない。

上司の申し出に即答してしまったのだ。

そのせいで、太郎と一緒に優一の墓参りに行く約束が果たせなくなった。

4

朝早く出勤してアポイントメントを入れた取引先に営業車で出向くのがおれの仕事だが、たまたま会社にいるところを、上司に手招きされ昼飯に誘われた。とっとと外出するべきだったかと後悔したがもう遅い。

この大橋《おおはし》という上司が、おれはおやじ以上に苦手だ。仕事ぶりは細かく、それはそれで企業人として真っ当なのだろうが、一回りくらい年上なのに威厳がまるでない。

金にも細かく、すこぶるつきのケチだ。サラリーマンの上役と部下が喫茶店に入れば、お茶代は上司が出すのが筋だと思うが、常に正直申告の各人払いだ。しかも大橋は会社近くの旧《ふる》い喫茶店がお気に入りで、そこのナポリタンだのカレーだのを好んだ。もちろん何を喰おうと大橋の勝手だが、ときおり部下を誘うから質《たち》が悪い。おれはマラソンの練習同様に食事を大事にしているから、喫茶店のランチメニューでは質量ともにまるで物足りない。申し訳程度についてくる野菜サラダ（キャベツとかレタスとかキュウリ）の小皿を見ると猛烈に腹が立つ。緑黄色野菜を中心にもっと圧倒的に食べたいんだ。喫茶店のたばこの煙も避けたいところだ。

しかもワリカンじゃなくて自分が注文したメニュー分を支払うから、スパゲティとピザとオムライスを頼んだとするとアホみたいな値段になってしまう。おれが常用しているのはサラダバー付きのステーキハウスか食べ放題のイタリアンレストランだ。そこはたらふく食ってデザートにコーヒーまでついて二千円でお釣りがくる。定食が充実している大衆食堂もいい。昼メシは好きなものを一人でゆっくりと食べたい。

大橋は食前と食中と食後に小言を繰り出してくる。だから大橋と昼メシを喰って良いことはひとつもない。

悪い予想は当たるもので、大橋はその喫茶店へ入った。仕方なくおれも後に続く。窓際のテーブルに向かい合い、大橋はカレーセットを頼み、おれも同じ物にした。ここは我慢の一手。夕食を豪華版にしようと腹を括《くく》った。

注文を終えると大橋は切り出した。

「キミはオリンピックを目指してるんやったな」

はっきりとうなずいた。本当は「金メダルを目指してる」と訂正したいところだが黙っておいた。そのことは入社や営業部配属のあいさつのときにみなの前で宣言した。言葉にすれば目標がよりはっきりし、日々の過ごし方が変わってくる。自己規定になる。これもおやじの説教の賜《たまもの》だ。

「今年はリオ五輪なんやろ。それには、出ぇへんの？」

おれは心の中で呆れ、アホ！　と毒突いた。大橋のスポーツ知識は幼稚園児以下だ。リオ五輪まで四か月を切っている。もしおれが代表選手候補なら、こんなところでカレーなんか食っちゃいない。いや、これは嫌味なのかとも思うが、大橋はケチだが部下に嫌味を言う人間ではない。

「目標は二〇二〇年の東京オリンピックですから」

「そうか。余裕やな」

なにが余裕だ。あんたに言われたくない。

「ほんなら安心や。キミに抜擢《ばってき》の話があるんやが」

なんや抜擢って、とつぶやきそうになり、おれは慌てて言葉を呑み込んだ。

「海外や。ナイロビや。ケニアの。ケニア言うたら、マラソンで馴染《なじ》みがあるんちゃう？　強いのはエチオピアか。よう分からんけど。ケニア、行くか？」

え？　とおれは小さく声をあげた。

ナイロビ出張だ。

気持ちがパッと明るくなった。薄暗い喫茶店のテーブルにスポットライトが点《とも》ったようだ。

な。大橋もたまには良いことを言う。

おれは即座にうなずき、「はい！」と返事をした。かの高原の地に行ってみたかった。

「キミはホンマに正直やな。表情が変わったで」

注文と勘違いしたウエイターがやってきたのでエビグラタンを追加した。会社の経費でケニアに行けるなんて。青葉製薬は安月給だけど良いこともある。

大橋はコーヒーを飲みながら出張内容を話し出した。

青葉製薬の主力商品、ビタミンミネラル部門の新企画だ。アルファ・リノレン酸という脂肪酸はアトピー性皮膚炎や喘息《ぜんそく》、花粉症といったアレルギーの抑制に効果があるが、それを含む植物はごく少ない。ケニアには、そのなんとかという花が豊富だという。しかもケニア産が最上らしく、風味が格段にいい。たしかに、アルファ・リノレン酸を多く含むしそ油やえごま油には独特の匂いがある。それに安いもんじゃない。そのへんの課題を一挙に解決するプロジェクトらしい。

営業部員一人が開発部門の専門職に帯同する。おれは案外ビタミンミネラルに詳しい。長距離を走るために必要に駆られて勉強した。

「独身で身軽やし、適応能力はありそうやし、なにより、キミはケニア人に好かれそうや。暇なときにはマラソンの練習もできるしな。あっちはマラソンが盛んやから、ケニア人はひょっとするとキミのこと知っとるんちゃう？　いや、あっちでは箱根駅伝なんて、放映せんか。ところでキミは英語はでけへんようやが。スワヒリ語、でけるか？」

笑って首を横に振った。でけるわけないやろ。

「まあ、言葉はなんとでもなる。笑って頭を下げとればエエ。キミの仕事は農園とのリレーションシップ構築や。農園が複数あって、ケニア中に散らばっとるらしいから、移動がしんどいけどな。ナイロビは治安が悪いいうことやが、最近はだいぶマシになってきたらしいしな。ま、観光で行くわけやないし、キミならだいじょうぶやろ。襲われたら走って逃げればええし。いや、まず襲われへんやろ。カネ、持ってなさそうやもんな」

コーヒーを啜《すす》りながら、大橋の話を聞いていた。

話が微妙に嚙み合わない。

確認すると、出張ではなく来年の四月までの赴任だった。

だが元気良く返事をしてしまった以上、「長期の海外赴任ですか？　ちょっと考えさせてください」などとは言えない。指した一手は元には戻せない。決断を後悔してはいけない。このへんもおやじ似だ。

「ほな、さっそく人事に通しとくわ。七月からや。キミ、得したで。あっちは高原やから、夏でもエラい涼しいらしい。せやけど、ちょっと車を飛ばせば猛暑の場所もある。赤道の国やからな。羨ましいで。羨ましいで」

なにが「羨ましいで」か、とも思ったが、ケニア赴任の善《よ》いところばかりが十や二十、すぐに頭に浮かんだ。そのうちの二つに、大橋の顔を見ないですむ点、この喫茶店のカレーを食べないですむ点も入っている。

もちろんデメリットもある。喫茶店を出て考えると、ケニア赴任の懸念は三つあった。

一つ目。リオ五輪の日本代表には遠く及ばなかったが、おれは「TOP強化選手」に名を列《つら》ねていること。

TOPは東京オリンピックプロジェクトの頭文字だ。二〇二〇年のメダル獲得に向けて、陸連は代表の可能性のあるランナーをサポートするプロジェクトを作った。

ただし、高校生から社会人まで、強化選手は百人以上もいる。風呂敷を広げすぎた感じもするけど、「なにがなんでもメダルを」という気合いが伝わってくる。名門・上新製麺《じょうしんせいめん》にいる太郎も当然入っている。

TOP強化選手には多くの合同練習やトレーニング研修が用意されているから、ケニアに行くとその機会を失する。フルマラソン経験のない高校生や大学生を除いた七十数名の中で、おれのタイム順位は胸を張れるようなものじゃない。だから合同練習には全部参加したかった。

ちなみに、そんなおれがなんでTOPに選ばれたのか。阿久《あく》さんの強烈な推薦があったからだ。

阿久純《じゅん》・元青葉製薬陸上競技部監督。阿久さんは業務上横領で会社をクビになったが、マラソン選手育成の名人らしく、陸連にも案外顔が利くらしい。青葉を去っても、どういうわけかおれを目にかけてくれる（と、おれは思っている）。しばらく会ってないけど、思い出したようにメールを寄越す。

人づてに聞いたおれの推薦理由は、一応筋が通っていた。

「東京オリンピックは普通のマラソンちゃうで。八月や。猛暑や。しかも二〇二〇年は、今よりも暑うなるで。体調管理が特に大事なんや。せやから、体質的に暑さに強い選手をTOPに入れとかな。タイムなんてなんとでもなる。猛暑で走ってバテず、食欲も衰えないことが大事や。走水剛の内臓の強さは、オレが見てきた選手の中でもダントツや。夏場、いくらしごいてもよう喰う。よう寝る。猛練習にも文句一つ言わん。ヤツの口はメシを喰うためだけにある。言うたら動物や。猛暑のマラソンは必ずスローペースになるから、タイムの善し悪しよりもバテない体質が大事なんや」

おかげでおれはTOP入りできた。

というわけで、ケニアに赴任すると来年の四月くらいまで合同練習に参加できない。国内の大会にも出られない。そのぶんケニアの大地を走れるけど。

二つ目の懸念は、温子と会えなくなることだ。

これはツラい。

同期入社の温子は〝ミス青葉〟などと言われている。付き合っていると言えるかどうかは微妙だが、週に二度は一緒に昼メシを喰い、一度は酒を飲む。飲むといっても、小料理屋やバーのカウンターで肩を寄せて、なんてしっとりとした感じじゃない。阿久さんの常連だった『大衆割烹《かっぽう》ホームラン』で盛大に食べてビールを飲むことに決まっている。ここは美味《うま》くて安くて盛りがいい。温子はよく食べてよく飲み、大口を開けてよく笑った。気立てがよくて飾らないから、会社内外で絶大な人気がある。入社一年目で温子とはいい雰囲気になって、おれが出た神戸マラソンにも応援に来てくれた。

おれの言うことを真に受けてくれるところがいい。オリンピックで金メダルを獲るって宣言は、ほとんどの人間は冗談だと思うらしいが、温子は違った。

「金メダルのプレゼントみたいなベタベタ、わたし大好きやねん。ベタって王道ってことやろ。オリンピックの金メダルって、とびっきりの王道やん」

そう言われて、おれも、「金メダルを獲るから、ゴールで待っててくれるか」と打ち明けたんだ。温子は「ええよ」と答えてくれた。温子に言い寄る男は多いに決まっているが、金メダルを引っ提げてプロポーズする男はおれだけだ。

九か月間、温子のふわふわした微笑《ほほえ》みに触れられないのはツライ。

そして三つ目。夏、優一の墓参りに行けないこと。太郎との約束が叶《かな》わない。だから五月の連休に実家へ帰り、優一にあいさつした。太郎にも声をかけたが、その日は群馬にいなかった。

七月、猛暑の続く大阪を発《た》ち、おれはナイロビに赴任した。

5

ナイロビは涼しい。酷暑の大阪から避暑地に逃げ出してきた心持ちだ。

標高一八〇〇メートルの地だ。雲が近い。

空港から車でナイロビ市街へ向かう。風景がやはり日本とは全然違う。空と地のバランスが違う。空が圧倒的に広い。浮かぶ雲にはずっしりと質感があるが、空が広くて圧迫感はない。地には木々があるくらいで、建物がない。だから自然と視線が上を向く。

ナイロビに入ると経験したことのない匂いがした。草と野性動物の匂いらしい。

体長一メートル以上あるくちばしの長いコウノトリのような鳥が街中を飛ぶ。数も多い。大きな羽が街に風を送っているのだとすれば、匂いの元は鳥たちではないかと思う。

ナイロビ市街は賑《にぎ》やかだ。ビルが建ち並ぶビジネス街で、行き交う人が多い。このへんは大阪と変わらない。ほとんどが黒人だから、強烈なアウェイ感がある。でも彼らの顔は一様に柔和で、目が合うと微笑みかけてくる。男も女もみな顔が小さく、すらりと痩《や》せている。

日本で馴染《なじ》みのファーストフードショップも多いし、炭酸飲料の自販機もそこら中にある。都会の風景なのに、バナナ売りが歩いていたりする。涼しいけど雑然とした熱気があって、気持ちが浮き立ってくる。

ただし殺伐とした感じもする。閉まっている商店には鉄格子がある。涼しいけどカラリとしているから喉が渇き、ミネラルウォーターを買おうとスーパーマーケットに入ると、列ごとに見張りの警備員がつまらなそうな顔で立っていて、レジが鉄柵《てっさく》でおおわれている。そのわりにはレジのおっちゃんは気さくで、「ハポン?」などと優しい目で話しかけてきた。

青葉製薬の赴任チームは三人だ。研究員が二人、宮倉斉《みやくらひとし》、笹崎聖一《ささざきせいいち》。

宮倉は三十二歳、笹崎は二十八歳でともに独身。二人とも理系の大学院を出ていて、ずっと研究所勤務だ。営業職のおれは入社三年目で初めて二人に会った。営業マンのような如才なさと押し出しの強さは全然ないものの、言葉穏やかで表情が優しげな先輩である。黒縁眼鏡をかけた顔と雰囲気がどことなく共通していて、どっちも道頓堀にある食い倒れ人形に似ている。派手なジャケットでも着せれば、すぐにでも漫才ができそうなコンビだ。容姿が似ると話す内容も似るのだろうか。大阪本社で顔合わせしたときに、別々に同じことを言われた。「走水君、雨嶋さんの同期なんだって?」と。温子の社内人気を思って苦笑した。

宮・笹コンビはナイロビの匂いに顔をしかめていた。おれは顔をしかめるまではしない。

すぐに慣れる程度の匂いだ。

勤務先の研究所はナイロビの中心部にあり、そこにおれの机もある。三人が住むアパートも徒歩圏内だ。四階建ての四階。相当に広く、十畳くらいの個室もある。ただし空き巣被害が多いのか、敷地を囲う塀が高い。一階、二階の部屋の窓には鉄格子がある。

勤務は九時から十七時まで。土日は休み。平日は朝と夕方に走れる。土日には数々の名所で走ることもできる。

最初はあいさつ廻《まわ》りばかりだ。背の高いケニア人の通訳が寄り添ってくれて、日本語が上手なので驚いた。ナイロビは英語も通じるというが、やはりスワヒリ語だ。スワヒリ語は滑らかで耳にやさしい。会話が鼻歌のように聞こえる。気分よく歌っているようだ。それなりに緊張感を持って異国の地にやってきたけど、スワヒリ語を耳にすると気持ちがすっと和らぐ。

おれが最初に覚えた言葉は「ポレポレ」。「焦らず、ゆっくり行こう」って意味だ。「ポレポレ、ブアナ」と通訳に言われた。ブアナってのはミスターってことらしい。ポレポレ。口に出してみると、語感がすごくいい。

通訳はルーク・ワンジャラ。ケニア人の年齢は見た感じではまるで分からない。ざっと見渡しただけだけど、ケニア人男性の髪型はみな短髪で似たり寄ったりだ。

簡単に自己紹介すると、すぐに「タケ」と呼ばれた。そして「タケ、ハコネ走ったの！」と円《つぶ》らな目をさらに丸くした。おれも驚いた。二十年前、ルークも箱根駅伝に出たというではないか。橙《だいだい》学園大に留学していて、2区を激走したらしい。それで日本語が堪能なんだ。

こいつは都合がいい。ルークにランニングコースを教えてもらった。

「このへんは安全ですけど、夜は走らないことです。危ないことも多いです。日本と違います」

三人のデスクがあるオフィスで、ルークは言った。

「悪い人たちは、日本人を歩く金庫だと思ってます。夜は決して出歩かないことです。近い距離でも必ずタクシーに乗ってください。あと、アメリカやイギリスの大使館には近寄らないことです。ときどき車に仕掛けた爆弾が爆発します」

微風《そよかぜ》のような優しい口調で、かなり恐ろしいことを言う。

「もし襲われたら、すぐにお金を渡してください。あっちも急いでいますから、お金さえ渡せば、殺されることはありません」

殺される――。宮・笹コンビの顔が固まっている。

「それは、古い財布をたくさん持ってきたことと、関係がありますね」

おれが聞くと、うんうん、となぜか嬉《うれ》しそうにルークがうなずいた。

日本を発つとき、ケニアに旅行経験のある重役から、「要らなくなった古い財布を、たくさん持っていけ」とアドバイスされた。「お土産だ。ケニア人は日本人の古い財布が好きなんだ。役に立つから」と言う。要らなくなった財布って言ったって、そんなものは捨ててしまって手元に残るもんじゃない。おれはとりあえず余分な財布を二つ、宮倉は八つ、笹崎はどこから集めたのか二十個も持ってきた。

「そうですね。外出するとき、本物の財布とは別に、要らない財布に紙幣を一枚入れておきます。500ケニア・シリングくらいでいいでしょう。もし強盗に襲われたら、すぐにそれを差し出すことです。強盗は財布を奪い、走り去ります」

ナイスアイディアだと思い、おれは手を叩《たた》いた。しかし宮・笹コンビは顔を強《こわ》ばらせたままだ。

「そして三人で外に出ないこと。まとめて狙《ねら》われます。でもケニア人と一緒ならオーケー。レストランも、安全なところをいくつか紹介します」

ナイロビの治安に関して、いろいろと聞かされてきたし釘《くぎ》も刺されてきたが、おれは単純にこう理解した。「昼はゴー、夜はストップ」。日が暮れると危ないんだ。包丁の刃と背と同じ。使い方さえ間違わなければ、フェイクの財布なんて辛気臭い物を持ち歩く必要もない。

細かな注意事項を教えてもらい、その日は大きなショッピングモールに寄って適当に買物をして、タクシーでアパートに帰った。三人まとまるなと言われても、やはり心細いのか、宮・笹はぴったり寄り添い、その後をおれは荷物を提げて歩いた。

アパートのダイニングでビールを飲んだ。とうもろこしの粉を練って蒸したウガリがパン代わりで、チリコンカーンのような豆料理がメーンだ。スパイシーで悪くない。ただしウガリは美味くもなんともなく、上州名物の焼き饅頭《まんじゅう》のほうが数倍美味い。二人は食が進まないようで、ビールばかりを飲んでいた。

「走水君の抜擢理由、あながち冗談やなかったようやな。強盗に襲われたとき、逃げ足が速い、ちゅうこっちゃ」

宮倉が言い、自ら笑った。

「気をつけろよ。走水君はぼくらと違って、外に出る機会が多いんだから」

「だいじょうぶです。たいていルークと一緒ですから」

「仕事もそうだけど、毎日走るんだろ」

「いくらなんでも、走ってるヤツを襲わんやろ。なにも持ってへんやろし」

「分かりませんよ。ほら、ケニア人初の金メダリストが襲われたことがあったでしょう。オリンピックの報奨金を狙われた事件」

サムエル・ワンジルのことだ。このくらいのビックネームならさすがに知っている。北京オリンピックで金メダルを獲り、ロンドン、シカゴマラソンでも優勝した。今から五年前、二十四歳の若さでケニアの自宅のバルコニーから転落死した。おれが大学二年生のときだ。あのときは箱根駅伝を目指していて世界に目が向いていなかったけど、もしマラソンをやっていたら相当にショックを受けていただろう。

「あったな、そんなこと。走水君は危ないんやないか。あ、狙われるんは金メダル獲ってからか。ほんなら、今のところはだいじょうぶやろ」

三人の中で宮倉だけが大阪弁でしゃべる。笹崎は宮倉に対しては敬語を使い、おれには気さくに話しかける。「しっかし、車のほとんどが日本車やな。みんな右ハンドルやで」と宮倉が言った。

「あともうひとつ、走水君の抜擢理由を聞いとるで」

「なんでしょう」

「おいおい、分かると思うわ。焦らんでエエ。それこそポレポレや。でも、明日にでも分かるかもしれん」

長旅の疲れもあり、その夜は早々にベッドに潜り込むことにした。日課の腹筋チャレンジは十分の短縮版に止《とど》めた。

翌朝、三人で出勤し、二人は車で大学の研究室へ向かった。おれは九時半にルークと待ち合わせて、栽培農家にあいさつ廻りに行く。

ところが、待ち合わせ時間を過ぎてもルークはやってこない。コーヒーを飲んで待っていると、十時を過ぎてようやく長身が現われた。遅刻を詫《わ》びたりせず、にこにこと笑っている。ポレポレ、とおれは小さく口に出した。

ルークの運転するライトバンに乗り、都会を抜け出て走った。風景が雄大でいい。視界に必ず鳥がいる。

ルークは朗らかなおしゃべりで、優しい口調でどんどん話しかけてくる。おれは例によって「東京オリンピックで金メダルを獲る」と言ってやった。すると運転中なのに長い両手をパンパンと叩いた。嬉しそうに目を輝かせている。

「すばらしい人が来てくれた。わたしの友だちにも、オリンピックに出る人がいっぱいいる。紹介します。友だちも、喜ぶよ」

今度はおれが両手を叩いた。

ランニングパートナーができそうだ。ケニア代表候補かもしれない。しかも、いっぱいいるなんて！

ツイている。感謝の気持ちの中、どういうわけか雄大な風景におやじの不機嫌面を重ねた。ケニア行きを即断したのはおやじの遺伝だろう。そもそも、青葉製薬に入ったのも同じ伝だった。内定して練習にも参加していた上新製麺への入社を、直前で青葉に変更したんだから。

最初の休日、ランニングコースを紹介してもらうことになった。

「コース、いくつもあるけど、どこがいいですか」

「全然わからないんです」

「サファリなどの、観光はどうしますか」

「まったく要りません。キリンもシマウマもフラミンゴも見なくていいです。とにかく、どんどん走りたい」

「ベストはツァボ国立公園ですけどね。ナイロビから車で五時間かかります。しかし、サファリは車から出ることはできません」

「じゃあ、走れないじゃないですか」

「サファリを走る人はいません。ナイロビで十分です。日本に比べれば、ナイロビも高地です。どこを走っても高地トレーニングです。最初は軽くやったほうがいい。〝入り〟は慎重に。駅伝の監督から、よく言われました」

「ざっと二十キロ走れるようなコースですね。あとは、アップできて軽くトレーニングできるような公園でもあれば。顔を洗う水道も欲しいし」

「ついこの前やったサファリマラソンのコースがいいでしょう。ハーフマラソンでしたが。あとは市内にいくつか公園がありますが、あまり近寄らないでください。そこで生活している人たちから襲われることがあります。走るだけならいいですが、休んではいけません」

「腹筋運動もダメですか」

「トレーニングは平気でしょう。昼寝はいけません。そして、水は使わないほうがいい。ミネラルウォーターを飲んでください。うがいも手洗いも。ケニアの水はアフリカでは安全なほうですが、日本人はケニアの水にやられやすいようです」

郷に入りては郷に従え、だ。

「だけど、ケニアに来てサファリに行かない日本人はいません。せっかく十か月いるのなら、すべてのサファリを見るべきです。ミヤさん、ササさんと三人で行くといいでしょう。すばらしいですよ」

「彼らは行くかもしれませんね。話しておきます」

「それぞれのサファリに、友達のガイドがいます。ガイド料金、安くします」

おれは微笑んで右手でＯＫマークを作った。案外商売上手だな。

6

朝、ナイロビ市街の外周を軽く一周した。およそ十キロ。まさに朝飯前のランニングだ。ナイロビの朝は特に爽《さわ》やかで涼しい。七月なのに気温十五度前後ってところか。それは鳥たちにとっても同じことのようで、大きなコウノトリがバサバサと飛んでいる。時速二十キロくらいで走っていたとき、顔のすぐ右側に鳥のくちばしが迫ってきた。あっちも、「なんだ、見慣れない顔だな」くらいに思ったのだろうか。三十秒くらい並走した。あれにはびっくりした。

こんなことは、日本ではありえないだろう。負けるものかとスピードを上げたが、ひゅんと加速されて上空に逃げられてしまった。今度は負けないぞ。

ケニアの朝はいい。日差しが一本気でいい。起きてすぐに飲むコーヒーが美味い。軽く走ってシャワーを浴びて、オフィスについて飲むコーヒーがまた美味い。香りが高く、背筋が伸びる。ブラックコーヒーがとても美味い。大阪本社そばの喫茶店のコーヒーよりも百倍美味い。美味いとその色が好きになるのだろうか、澄み切った黒がお気にいりの色になった。

さっぱりしてからの朝食も楽しみだ。主食はウガリだけでなく小麦のチャパティもある。これが香ばしくて美味い。もちろんパンも米もあるけど、チャパティの軽い食感が気に入った。

そして待ちに待った土曜日。ルークは友人のランナー三人を連れてくると言った。ケニア人も寝坊したいらしく、待ち合わせはゆっくりめの午前十一時。ポレポレ精神だ。早朝のランニングをやめて、おれも少し寝坊した。公園まで軽く走れば帳尻が合う。

急ぐ心と土地勘のないせいとで三十分も早く着いてしまった。雄大な風景や大きな空を観ていれば退屈はしないけど、とりあえず芝生で腹筋チャレンジをやって待った。

ところが。百番まである腹筋チャレンジを全部やっても、誰も現われない。

もう正午だ。ナイロビは意外に渋滞があるから、そのせいかとも思ったが、ルークを含めた四人のうち一人も現れないのは不自然だ。

待ち合わせは正門前だから間違いようがない。仕方がないから、そのへんを流した。公園のそばにはインターコンチネンタルホテルがある。ここならヨーロッパ風のランチブッフェがありそうだ。そう思うと腹がぐうと鳴った。

十二時半に正門に戻ったものの、それらしき人影はない。ルークの携帯電話に連絡してみてもつながらなかった。

曜日を間違えたのか？　約束は明日の日曜日だったたか？

腹筋チャレンジをしっかりとやったせいか、狂暴に腹が減ってきた。とりあえず義理は果たした。おれはホテルに駆け込んで、ランチブッフェをたらふく喰った。

ゆっくりと歩く帰り道に、公園の正門を通った。すると「タケ！」と優しげな声がする。ルークが長い手を挙げて笑っている。同じく笑顔を浮かべる仲間が三人。みな、Tシャツにランニングパンツ姿の軽装だ。

小走りに近寄ると、「さあ、走りましょう」などと言う。

四人とも、にこやかにおれを見ている。まずは自己紹介をした。三人をそれぞれルークが紹介してくれたが、聞くそばから名前など忘れてしまった。

一本気な日差しの中、四人ともとても楽しそうだ。おれもつられて笑ってみたけど、いくらアウェイとは言っても、言うべきことは言わなくてはいけない。

「約束の十一時に、ここで待ってたんですよ」

「わたしたちは十三時前にやってきました」

ルークが言う。単なる報告じゃないか。なぜ謝らない。他の三人も、少しも悪怯《わるび》れていない。

「約束の時間から、二時間も遅れてますよ」

「ポレポレ。ポレポレですよ。今、こうしてみんな揃《そろ》ったから、話すのをやめて、走りましょう」

暖簾《のれん》に腕押し。ポレポレは、こんな場面でも使えるのか。とりあえず頭を下げてほしいところだ。ケニアの人々は時間にルーズだと聞いていたが。相手に迷惑をかけたとは思わないのだろうか。

「待ち疲れて、先に軽く走りました。昼食もたくさん食べました。今は走れません」

そう言うと、ルークはやっぱり笑顔のままで三人に話しかけている。

メチャクチャに腹の立つ場面なのに、なぜかそうはならない。四人の笑顔と、満腹感と、
優しいしゃべり声のせいかもしれない。

「せっかく友だちになりました。一緒に過ごしましょう。ゆっくり歩きましょうか。そし
て、コーヒーを飲みましょう」

こうなると、おれも笑顔を作るしかない。

言葉の優しさだ。表情もにこやかだけど、輪をかけて彼らのしゃべる言葉が優しい。

今日は、お薦めのランニングコースを教えてもらうだけでよしとした。ポレポレだ。

みなで飲むコーヒーが、香り高くてまた美味かった。

7

赴任してもうすぐ一か月。仕事にもナイロビの匂いにも慣れた。街にはワイルドな匂いが漂っているものの、アパートやオフィスはコーヒーの香りで満ちている。

ランニングが気持ちいい。何度も鳥と並走した。これが朝の楽しみになったほどだ。

治安の悪さという情報（なんでも、ナイロビは世界都市のワースト3に入るらしい！）に、おれたち青葉クルーは緊張感を漂わせるわけだが、かえってそれが生活のリズムを作った。

日が暮れたら外出しないことが鉄則。おれの場合はアパートの自室で腹筋チャレンジと瞑想《めいそう》マラソン（二時間、走り続けるイメージで深い呼吸を繰り返す）をやるから、外出禁止で一向にかまわない。

日の出とともに走り出すせいで、自然と早寝になる。仕事は九時から五時までで、残業はゼロ。完全にゼロだ。日本の会社員のようにぐずぐずしていない。しかしこのへんの時間感覚、どうなの？　って思う。待ち合わせの時間にはルーズなのに、終業時間はピタッと守るんだから。

おれは農園廻りと報告書類の作成などをやり、宮・笹は研究所とアパートを往復するだけ。仕事熱心な宮・笹も五時には退社を余儀なくされるから、アパートに仕事を持ち帰ってくる。真面目《まじめ》で健気で泣けてくる。ビールでも飲んで堂々と寛《くつろ》いでいればいいのに。夜に出歩かないし、暇なのだ。「もう一人、営業を寄越してくれればエエのに。麻雀《マージャン》でけるで」と宮倉が言っていた。二人にも腹筋チャレンジを教えてやろうかと思った。

ときどき、レストランに出かけることもあるが、必ずルークかケニア人研究員と一緒。タクシーでアパートと店を往復する。夜は本当に危ないようだ。

揃って色白で眼鏡をかけて周囲に気を配る宮・笹コンビは、見るからに痛々しい。一度、タクシーから降りてレストランに入るとき、背後から「わっ!」と脅かしたら、二人とも両手をバタつかせ、眼鏡をずらして動揺していた。宮倉には「アホ!」、笹崎には「バカ!」となじられた。先輩をおちょくってごめんなさい。もっと堂々としていて欲しかったんだ。

そんな緊張感の中ではレストランのメシも美味くないから、ほとんどが自炊になる。みなで適当に作ったちゃんこ鍋《なべ》なんかは案外美味かった。

鍋の汁と違って、人間関係もそれほど煮詰まらない。宮・笹は揃って学究肌で気合いが入っている。アレルギーの特効オイル開発というすばらしい目標のためか、二人とも眼鏡の奥の視線が強い。後輩のおれにあれこれ威張らないことが一番いい。二人はおれの顔を見ると判で押したように「気をつけて、走ってな」と言う。だいじょうぶ。でかいコウノトリとも友達になったから。

そういうわけで、おれにとってのナイロビ赴任は十分に快適だ。日本が恋しくなることもない。温子とは毎日メールをやりとりしているし。

ナイロビの公園も走った。ただし、ルークたちは絶対に約束の時間に来ない。まず一時間は遅れる。だからといって、おれにはそれに足並みを合わせることが、なぜかできない。国民性なのかも。早く待ち合わせ場所に行って（約束どおりだけど）、腹筋チャレンジをやりながら待つのが、おれの週末の定番になった。これをおれは「ポレポレ腹筋」と名づけた。決してイライラしないことに決めた。

腹筋チャレンジはおれの財産だ。これがケニアで役に立つんだから、やっぱり大学ってものはありがたい。

母校・修学院大の油谷賢《あぶたにけん》監督、通称あぶさんが考案した腹筋強化メニューで、たぶん世界一厳しくて効果がある。八十八のバリエーションを暗記して、それを常に順番を変えてやる。腹筋は強靱《きょうじん》で賢い筋肉で、いくら苛酷《かこく》なトレーニングでも順番が決まっていると慣れてきてさぼろうとする、というのだ。ではどうやるかというと、番号を書いた単語カードをシャッフルしてリングで留め、上から開いていく。「74」が出れば、七十四番エクササイズを行なう。誰もが知っているシットアップのようなものもあれば、尻だけを床につけて手足を浮かせて三百六十度回転するというユニークなものもある。ありとあらゆる方法で腹筋を鍛えぬく。

「長距離選手にとって、腹筋強化はランニングと同等に最重要だ。腰の位置と姿勢を保ち、足を出すパワーを生み、腰痛予防にもなる。腹に力が入ることで走るリズムが生まれる。強い腹筋は内臓の揺れを抑えるから夏場でも食欲が落ちない。腹筋は決してランナーを裏切らない」

あぶさんはそう力説し、おれは心から納得した。だから誰よりも真剣に腹筋チャレンジに取り組んできた。毎日欠かさず、食事のように。ドリルにもよるが、一分間やって三十秒休む。一時間で約四十種類の腹筋強化メニューができる。あぶさんは数字の縁起担ぎで八十八種類に増やしたから、中には「息を五秒吸って、十五秒吐く。これを三セット」という休憩みたいなメニューもある。

それで、せっかくケニアに来たこともあり、あと十二加えて全部で百種類にした。「腹筋チャレンジ・ナイロビバージョン」だ。修学院大の八十八が推定世界一だから、おれのオリジナルを追加した百種類は間違いなく世界一だろう。

追加の一例が「バレリーナ」だ。背筋を正して片足で立ち、地面から離した足を横に垂直に伸ばして一分間じっとする。前に垂直に伸ばすバージョンを入れると、左右で四種類増えた。物騒と言われる市内の公園で「バレリーナ」をやっていると、たぶん強盗には襲われないと思う。不気味な東洋人だ。

もうひとつの日課が「ネック」という首の強化法。頭を前後左右から押し、首の筋肉に力を入れて拮抗させるアイソメトリックス運動だ。これも、あぶさんに教えられた。「長距離走は、人間の身体でもっとも重い頭を長時間安定させて走るスポーツだ。だから頭を支える首の筋肉強化は大事」というわけだ。ネックはいつでもどこでもできる。ナイロビに向かう飛行機の中でもきちっとやった。

腹筋チャレンジのおかげかどうか、持病の腰痛が悪くならない。ナイロビの気候のせいかもしれない。とにかく朝晩は涼しい。「夏の軽井沢みたいやな」と宮倉が言っていた。腰の調子がいいと、全方面で気持ちが明るくなる。毎朝見るデイブレイクの光景のように。

食事もいい。おれはケニア料理が好きだ。宮・笹コンビは米を炊いたり味噌汁《みそしる》を作ったりしていて、おれも相伴にあずかるわけだが、ケニアのシンプルな味付けが身体に馴染む。肉は山羊《やぎ》や牛や鶏が多くて、クミンというスパイスをよく使う。鶏レバーのクミン炒《いた》めなんてとても美味い。野菜もスクマという緑黄色野菜がポピュラーで、各種ビタミンの含有量が飛び抜けて優秀らしい。

人間はやっぱり食物だ。ケニア人ランナーはこういうものを食べているのだ。そう思うと、さらにさらに美味く思えてくる。

そんなときだ。阿久監督、いや元監督からメールが着いた。

「どや、走水。ケニアの大地で、気分よう走っとるか。」

第一文がこれだから、おれは吹き出してしまった。

「どや」って、なんで大阪弁なんだ。

あのモジャモジャ頭の気楽顔が浮かび、「あの人こそ、ポレポレだな」と思った。

たまに会いたくなるけど、メールもいい。

国境越えのメールには絶対的な安心感がある。金の無心をされる心配がない。

阿久さんは人の顔を見ると、「諭吉、ある?」などと言ってくる。

そのときの目には真剣味があり、妙な迫力があってどうしても断れない。人間力の差なのかもしれない。今なら諭吉を十枚くらいホイと渡してもいい。こっちでは金を使うアテがあまりないから。

諸事情で青葉製薬を辞めた阿久さんの近況が簡潔に語られている。

陸連の仕事をしているというから世間の奥行は深い。

諸事情とは業務上横領のことで、会社から預かった陸上競技部の経費を競馬に注ぎ込んでしまったのだ。普通ならばタダでは済まないところを、青葉の寛大な処置で依願退職となった。

その阿久さんがなぜ、信頼とメンツと清廉性を重んじる陸連に潜り込めたのだろう。

当然のおれの疑問に、阿久さんはちゃんと答えてくれている。


「オレもいろいろあったわけやが、陸連に拾ってもろうた。

おれのような男に声がかかったのには理由がある。

ズバリ、東京オリンピックや。

東京開催でなければ、おれはただの失業者になっとるよ。東京オリンピックのおかげや。

イノセさんに感謝せなアカン。そういや、あの人もカネで失脚したんやったな。

いつやったか、おまえさんに話したことがあったな。

二〇二〇年の東京オリンピックはオールジャパンでメダルを獲りに行くって。

政府もスポーツ庁を立ち上げたし、実業団陸連はマラソン日本新記録を更新すれば一億円のボーナスを出すらしいし、なにがなんでもメダルが欲しいんや。ちなみに、日本新を出したランナーの指導者には五〇〇〇万出すそうや。この配分、なかなかやで。指導者を尊重しとる。

当たり前やな。自国開催のメンツとか陸上ニッポンの復活のノロシとか、いろいろ理由はあるけど、基本は「期待に応《こた》える」いうことや。これは、人間の本能や。走水のおやじさんも、同じようなことを言うとったらしいな。

ムリ筋や思われとった東京開催が決まった。日本中が盛り上がったわけや。『お・も・て・な・し』や。各競技の陣営は国民の期待に応えようと気合いが入っとる。もちろん、マラソン界もそうや。国民の期待に応えないかん。世界中の期待に応えないかん。人として当たり前やな。

一九六四年の東京オリンピックもそうやったんや。代表選手の強化だけやなく、施設建設なんかも信じられんくらいのスピードで進んだんや。東海道新幹線もそうや。おまえさんはまだ生まれてないからピンとこないかもしれんが、神懸かり的なところもあったんや。開幕は十月で、真夏にはまだ競技施設の工事をやっとった。あの夏は雨が降らず、『東京砂漠』なんて言われとった。でもそのおかげで工事がはかどったんや。しかも工事が終わって開幕が近づいたとき、ザザっと雨が降って、東京中の埃《ほこり》を洗い流してくれたんや。開会式の前にはジャイアンツの王選手がホームランを五十五本も打つしな。天も味方したたし、野球の神様も応援した。オリンピックちゅうのは、そういうもんなんや。

そんな天の配剤もあるわけやが、人間がやれることは精一杯やらなあかん。

マラソンでメダルを獲る準備や。

選考レースの結果を見て代表を選ぶ、ちゅう従来のスタイルでは、もう通用せん。それではメダルは獲れん。積極的に仕掛けていかなあかん。レースと一緒で、着いていくだけでは勝てん。自らレースを動かさな。

年齢的に二〇二〇年に脂が乗るマラソンランナーを育てていく。日本マラソン界全体の力を底上げしたところで、選考レースをやるわけや。そういうプロジェクトや。

で、オレの出番になったわけや。

これでもマラソン選手を育てる名人やからな。目利きや。

もちろんオレだけやなくて、日本全国の目利きの指導者を集めて、メダルが獲れる可能性のある選手を一人残らずピックアップしたわけや。タイム云々《うんぬん》やなくて、体質や性格なんかも含めたトータルの資質を見てやな。陸連も気合い入っとるで。

そうやって名前が挙がったランナーは百人ちょっと。いわば候補の候補や。その中におまえさんの名前もあったわけや。オレが推薦したんやけどな。

候補の候補は、可能な限り合同練習や合宿をやるわけや。もちろん競わせることでスピードの底上げも期待しとるわけやが、百名を目利きの指導者全員が品定めするっちゅうのが真の目的なんや。

目利きはオレを含めて二十人おるんやが、たとえば二十人全員が『こいつはいい!』なんて選手がおったら、もう選考レースなんて要らん。そのくらいに日本の指導者のレベルは高いんや。もし指導者オリンピックがあったら、金銀銅独占やで。オレも銀メダルくらい獲れるんちゃうか。

ところが、やで。

おまえさんはケニアへ行ってしもうたわけや。

はっきり言うて、おまえさんは百人中四十番目くらいの位置におる。いや、五十番くらいか。それが一気に圏外や。

去るものは日々に疎し、とはよう言うたもんで、日本を出ていった人間はすぐに忘れられてまう。やっぱり日本は島国なんやな。競馬で言えば、八番人気くらいやったのに、馬主の事情で出走停止ってとこや。出馬表に乗らん馬のことなんて、誰も見向きもせん。

せっかく推薦したのにと、オレもがっかりした。しかしすぐに、『そうでもないで』と思い直したんや。

むしろチャンスや。

赴任先がケニアやろ。会社の金で思う存分高地トレーニングができるやないか。

しかも、いつかも話したように、おまえさんが代表になるとしたら、二十キロ地点からのロングスパートを成功させるしかあらへん。

自ら仕掛けてレースを動かすんや。『秘密兵器』や。持ちタイム的にも劣る三番目の代表や。ノーマークになることが大事なんや。

オリンピックで、二十キロ地点からスパートをかけても、誰もついて来いひん。『あいつアホやな』って思うくらいや。それが三番目の代表のノーマーク選手なら、『日本開催やし、とりあえず目立っといたろか、ってことやな』思うわけや。しかしこっちは本気や。他国の連中が気づいたときには、もう逃げ切りや。

この戦法の成功は、おまえさんがノーマークになることが大前提なんや。

今の情報社会、メダルを獲るような人間がノーマークになることは至難の業や。そやから、まずは国内や。国内でもノーマークになるんや。

焦らんでエエ。現状、走水剛は完全なノーマークや。

ただし、陸連の一部には、オレがしっかり話をつけておく。安心して、どっしり構えて、ケニアの高地でしっかりと走っとけ。

ちなみに、や。オリンピックでロングスパートを成功させたんは、ルーマニアのディタいうネエちゃんやったけど、同じ北京オリンピックで金メダルを獲ったサムエル・ワンジルも同じタイプや。さすがに二十キロ地点からのスパートはせんけど、仕掛けて、レースを動かして、主導権を握って、逃げ切るタイプや。

オレはこういうランナーが好きやな。

ワンジルくらい知っとるよな。ケニアの英雄やで。ケニア行ってワンジル知らん言うのは、モグリやで。」

感心した。阿久さんってのはなかなかの策士だ。ただ、言われるまでもなくおれはちっとも焦っていない。一か月ですっかりポレポレ体質になった。

阿久さんのメールの文面も、どこか優しい。

自画自賛が鼻につくけど、まあそれもご愛敬だろう。恩着せがましいところも、あの顔を思い浮かべればどこか微笑ましい。

まだメールは続いている。

具体的な練習の指示だ。さすがは「目利きで名人」だ。


「ロングスパートの練習方法を教えといたろ。

二十キロを六十分切り。これだけや。

二十キロ走ってからのロングスパートや。感覚的に、キツい思うやろ。でも、だいじょうぶなんや。

フルマラソンはやらんでエエ。軽くウォームアップして、いきなり二十キロや。入りから突っ込んで行け。そや、ちょうどおまえさんが箱根10区で走ったときと一緒や。あんな感じで行け。

従来のストレッチはやらんでエエで。ぶるぶると両手両足を落ち着きなく動かして、脚を振り上げる程度でエエ。じっくりと身体を伸ばすストレッチは、かえって戦闘モードを殺《そ》ぐいう研究発表があるんや。脳がリラックスしてしまうんやな。あれはクールダウンでやっとけ。たぶん二〇二〇年には、落ち着きのないほうがトレンドになるで。常識はすぐに古びる。時代は進化しとる。

準備はテキトウで、いきなり二十キロ。それを毎日やるんや。

朝がエエやろな。なんとか時間をひねり出すんや。

週に一日休め。いや、おまえさんならだいじょうぶか。休みなしで毎日やな。

その代わり、ザッツオールや。あとは走らんでエエ。おまえさんの好きな腹筋運動をやっとればエエ。あと、瞑想マラソンな。

普通、勝負は終盤やから、なんでやねん、思うやろ。でもこれでエエんや。

いきなり二十キロをスパートする。失速しないでゴールに傾《なだ》れ込む。その呼吸を身につけておけば、必ずメダルは獲れるよ。

エエか。二〇二〇年東京オリンピックの男子マラソンは、八月のレースやで。

その時期の東京が、どのくらい暑いんか。分かっとるやろ。アスファルトの照り返しがキツいし、雲は厚いし、東京湾から熱風は吹いてくるし、メチャクチャやで。本来、マラソンなんてやったらアカン時期や。八月の東京はホンマに危ないで。後半にバテる危険性に溢《あふ》れとる。完走すらでけへんランナーも出てくるで。

せやから、前半は間違いなくスローペースになる。

特にオリンピックはタイムレースやなくて順位レースやからな。各国の代表はタイムもエエけど頭もエエ。本番の日差しと熱風を感じたら、瞬時に順応するはずや。レースの情況を即座に読み取って、スローペースで落ち着くはずや。それもかなりのスローや。間違いない。全財産賭《か》けてもエエで。

おまえさんも、そこそこのペースで集団に着いていったらエエ。それほど、苦しいこっちゃないやろ。

ほんで、あまりのスローペースに我慢しきれなくなって、二十キロ地点から飛び出した、ちゅう流れになればエエわけやな。『あいつ、アホやな』思わせとく、いうこっちゃ。当日は暑ければ暑いほどエエ。『この暑さで、頭にきたか』くらいのもんや。

また良くしたもんで、おまえさんはアホやから、別に演技する必要もないわけやな。

後の話やが、他の二人の日本人代表には、『走水は二十キロ地点からスパートをかけるけど、気にするな』って指示を出しとく。ちょっとアザといけど、一人に『ノー！』とか、そんなことを叫ばせてもエエ。トップ集団は、お前さんの背中を冷ややかに見送ることになる。

そして、や。

三十キロ地点で、もし五百メートル差が開いとったら……。勝ちやろな。

お前さんの後ろ姿にはカゲロウが浮いとる。そしたら外国人勢の心は確実に折れる。せやけど、ロングスパートを知っている日本人二人は心折らずに追い上げてくる。

これが、オレが考案した『日本人選手メダル獲得プラン』や。まだ陸連には話してないんやけどな。

このプランの成否は、ロングスパートの迫力にかかっとる。

他の有力選手をざっと見渡したが、それができるのはおまえさんしかおらん。目利きのオレが言うてるんやから間違いない。

焦らんでエエから、週に一度、二十キロのタイムの推移を報告せい。その大事なデータを、最高のタイミングで陸連に見せたるから。

ケニアの事情がどうなってるかは知らんが、大会とか、そんなん出んでエエからな。目立ったらアカン。キリンとかシマウマとかと一緒に悠然と走っとけ。

男子マラソンで日本人が金メダルを獲るのは奇蹟言われとるやろ。奇蹟ちゅうのは自分で起こすもんや。奇蹟は仕掛けや。

話はかなり逸れるが、オレは奇蹟を目の当たりにしたことがある。

ある金持ちのホームパーティにヒゲのマジシャンが呼ばれとった。少人数のパーティやったから、カードマジックが主やった。どれも不思議で、場は盛り上がったんやが、これは不可能やろ、ってマジックが飛び出したんや。

カードの束から客に一枚を引かせる。それを客みんなが確認する。ハートのクイーンやった。客はマジシャンに見せないようにカードを束に戻す。

これで、ヒゲがカードを当てれば、よくある話や。驚くほどのこっちゃない。ヒゲはカードをよくシャッフルして、『わたしは、みなさんが見たカードを知りません。この会場で知らないのはわたし一人です。そう、知っているのはみなさんだけじゃない。シャンデリアやテーブルクロスや美味しそうな料理やお酒も、どのカードなのかを知っています』

そして、シュっと手裏剣のようにカードを投げる仕草をした。

『あの素敵な絵も、きっと知ってます』と言って、壁に架かっている風景画を指差したんや。

『奥様、額縁の裏を確認していただけますか』

奥さんが言われたとおりにすると、ハートのクイーンが挟まれとったんやな。

みなが仰天したで。

さらにや。ヒゲは奥さんから回収したハートのクイーンを、また手裏剣のように飛ばしたんや。今度は主人に、『そのテーブルクロスをめくってみてください』と言った。結果は分かるな。ハートのクイーンがあったんや。

もう、大騒ぎやった。

まるでタネが分からん。流れもシンプルやから、トリックの痕跡《こんせき》がない。ヒゲが到着したのはパーティが始まってからで、額縁に細工をする時間は一切なかった。ヒゲは初めてその家に招かれたんや。

必ずタネがある。せやけど、そのヒゲ、絶対に口を割らへん。しつこく食い下がっても『本当にカードが飛んでいった』の一点張りや。

こういうの、オレは笑って見過ごせないんや。それで、知り合いのツテをたどって別のマジシャンに聞いてみた。でもヤツらには、ネタの秘密保持に関しては妙な連携があるんやな。『そんなマジック、聞いたことがない』なんてトボけおった。

それでも粘ると、『二度目のテーブルクロスのカードは、最初のサプライズのドサクサで素早く隠すこともできますが。ハートのクイーンが二枚ないとムリです。考えられるとすれば、会場にマジシャンの助手が一人紛れ込んでいて、隠したとか。でも、額縁のカードの細工だけはムリですね。あとは、ホストの夫婦がグルだったかですね』などと言いおる。

どや。オモロイやろ。

オレも阿久純や。マラソン界の頭脳や。この奇蹟のタネ、絶対暴いたれ思うた。それで、ようやく分かったんや。

奇蹟の正体、知りたいやろ。

でもすぐには教えへん。二十キロスパートの間に、じっくり考えてみてや。

それと確認やが、いつかも言うたとおり、おまえさんがメダル獲ったら、それに関する出版権はオレのもんやで。ロングスパート戦略はオレの特許や。それを忘れんといてな。

おまえさんとオレは一蓮托生《いちれんたくしよう》や。

あとは……。

せっかくケニアにおるからって、ケニア代表の練習場とか、大会とか、そんなもんは行かんでエエで。ケニア人のスピードの秘密を探ろうとか、練習法を参考にしようとか、こざかしいことは考えんでエエ。

優秀なスパイの条件、なんだか知っとるか？　一番は『利口で怠け者』や。その次が『アホで怠け者』。アカンのが『利口で活動的』。最悪なんは『アホで活動的』。おまえさんはスパイやないけど、ケニア人の練習を見るいう目的ならスパイみたいなもんやろ。おまえさんはアホなんやから、怠け者に徹することや。

今さら、おまえさんがケニア人ランナーから薫陶を受けることなんてない。どっしり構えとけ。

身体に気をつけて頑張れ——なんて結ぶのが普通なんやろが、そのへんもおまえさんには心配ないわな。おまえさんの内臓の強さ、環境適応性、ストレス耐性は天性のもんや。丈夫な身体に生んでくれた御両親に感謝せい。」

一読して、「阿久さん、暇なんだな」と思う。

とびきりの長文じゃないか。しかも全編大阪弁だ。あの顔が目の前にあるようだ。「一蓮托生」というのには笑った。しかし、「オレも阿久純や。マラソン界の頭脳や」って言われてもなぁ。

後半の長いマジックの話、悪いけどおれにはまったく興味がない。カードが飛んだって言ってるんだから、そのとおりだろうと思うだけだ。

しかし誉められているのか貶《けな》されているのか。「おまえさんはアホやから」ってのはなんだ。ケニアに来て、バカとかアホとか言われなくなったと思っていたらこれだ。

ただ、おれは案外素直だから、「いきなり二十キロスパート」のアドバイスはさっそく採り入れることにした。

指示が簡潔で気に入った。ストレッチがテキトウでいいのもありがたい。これをおれは「即スパ」と呼ぶことにした。

8

朝五時に起きると、即、コーヒーをいれる。部屋をいい香りにするのがおれの役目でもある。

水道の水でうがいをしそうになるが、それすらも危ないらしい。ミネラルウォーターか湯冷ましを使う。このへんが窮屈だ。

ゆっくりとコーヒーを飲み、すぐにアパートを出る。

ナイロビ市街をぐるりと囲む大通りは一周がほぼ十キロだ。そこを二周する。

走るリズムは「昨日はどこにもありません」。三好達治《みよしたつじ》さんの詩だ。

この詩を唱えて足を出す。走るとき、この詩がおれの頭でぐるぐる回る。

昨日はどこにもありません
あちらの箪笥《たんす》の抽出《ひきだ》しにも
こちらの机の抽出しにも
昨日はどこにもありません

それは昨日の写真でしょうか
そこにあなたの立っている
そこにあなたの笑っている
それは昨日の写真でしょうか

いいえ昨日はありません
今日を打つのは今日の時計
昨日の時計はありません
今日を打つのは今日の時計

昨日はどこにもありません
昨日の部屋はありません
それは今日の窓掛けです
それは今日のスリッパです

今日悲しいのは今日のこと
昨日のことではありません
昨日はどこにもありません
今日悲しいのは今日のこと

いいえ悲しくありません
何で悲しいものでしょう
昨日はどこにもありません
何が悲しいものですか

昨日はどこにもありません
そこにあなたの立っていた
そこにあなたの笑っていた
昨日はどこにもありません

言葉のリズムがいい。走るテンポにぴったりくる。

内容がおれ好みでいい。練習でも試合でも、おれはこの詩と一緒に風景の中を移動する。

もう何万回と暗唱した。おれは世界一、この詩を暗唱したと思う。

　さらにいいのが、替え歌が自由自在にできること（三好先生、勝手に替えてすみません）。

「ここは日本じゃありません／今日走るのはケニアの大地／昨日の日本じゃありません／今日見上げるのはケニアの青空／日本の空ではありません」

　変幻自在だ。

「わたしは日本におりません／そこにわたしの立っていた／そこにあなたの笑っていた／日本にわたしはおりません」

　その日の気分で替え歌を考えながら走る。これが楽しい。「あなた」を「温子」に替えると、胸がシュンとなるけど。

　楽しいけど、即スパはなかなか厳しい。

　高地での二十キロ六十分切りだからラクなはずもない。すぐに息が上がる。十キロ走ると心臓が飛び出しそうになる。

　おれはなるべく鼻から空気を吸い、口から力強く息を吐いた。

　もちろんすぐに口呼吸になるが、三回に一度は鼻からだけで息を吸った。口から空気を吸うと、近くにある雲を吸い込んでしまいそうになるから、というのはウソで、鼻呼吸のほうが呼吸効率がいいらしい。

　息を吸い込むときに腹筋を使う。どう使うのか、説明不能なほど微妙だが、腹筋に絶対の自信があるおれには、その呼吸（まさに！）が分かる。

ちなみに呼吸法は青葉製薬陸上競技部の元キャプテン、百々和彦《どどかずひこ》に教わった。百々やんはマラソンの代表候補でシカゴマラソンにも出るようなランナーだったが、膝《ひざ》の不調で現役を引退した。もちろん会社に残り、マーケティング部でがんばっている。ビタミンミネラルサプリメント課ならば一緒に仕事ができるんだけど、百々やんは入歯安定剤や入歯洗浄剤を扱う課の係長だ。

七時前にはアパートに戻り、シャワーを浴びて七時半にはまたアパートを出る。朝食はホテルのブッフェで摂《と》る。こっちの相場だとかなり贅沢《ぜいたく》らしいが、自分へのささやかな褒美だ。たっぷり食べて、ゆったりと出社する。やることをやって美味いものを喰うと、なぜか「ざまあみろ」という気分になる。

これで日中、どんなに待たされてもイライラしない。ちょっとの場合はネックを、かなり待たされたら腹筋チャレンジを。約束を反古《ほご》にされて昼飯を喰いそびれてもだいじょうぶ。豪華な朝食の貯金がある。

ケニアはポレポレの国だ。怒ったら負けだ。怒って良いことはひとつもない。おれはおやじ譲りで怒りっぽいから、怒らないで済む工夫をしなくてはいけない。

人間関係が煮詰まりにくくするのも工夫だ。

日本人の独身男が三人で同じところに住む。早朝の即スパのおかげで宮・笹と顔を合わせないで済む。

もちろん、たまには宮・笹と外食をともにすることもある。ずっとアパートでメシを喰っていると、どうしても煮詰まってくるから。

今宵は奮発して中華料理屋だ。何度か訪れた店で、今回は三人でオフィスからタクシーで行った。

おれは二人の話を聞きながら料理を口にした。ビールも飲んだ。明日は休みだから、夜明け前に軽く走り、即スパは午後にするつもりだ。

「走水君が、一番早く慣れたみたいやな。スワヒリ語もマスターしてるようやし」

宮倉が話を向けてきた。先輩二人もビールを何本か飲んで、口が滑らかになってきたようだ。

「ポレポレくらいしか知りませんよ」

「ポレポレってエエよなぁ。わたしたちは、どうしても焦ってまうもんな。早く成果を出さなあかんって。ポレポレの感じが少し分かってきたかな」

「そうですよ。大阪じゃ今ごろ、あくせくやってるんだろうなって。どうしても思っちゃうんですよ」

「せやけど、本社のみんながポレポレやったら、青葉は潰《つぶ》れるで」

あははは、と宮・笹が笑う。おれも頬《ほお》をあげて笑顔に付き合った。

話は特に面白いわけではないが、二人とも穏やかで朗らかだからいい。言葉の感じも柔らかいし、先輩風を吹かせて威張るようなところもない。おやじのように、辛気臭いことを言わないし。マラソンのことをあまり質問してこないところもいい。

「ところで走水君さ。同期の雨嶋さん。仲、いいよね」

笹崎が言った。温子のことだが一瞬誰のことか分からなかった。みなが「あっちゃん」と呼ぶから、姓で呼ばれると妙な感じだ。しかも場所がナイロビだし。

胸が熱くなり、おれはグラスのビールを飲み干した。

「立ち入ったことを聞くけど、ひょっとして、付き合ってるの？」

「週一くらいの飲み友達です。でも、そうなりたいです」

少しとぼけたが、素直に言葉が出た。温子の大きな瞳《ひとみ》を思い浮かべたせいだ。機嫌のよさそうな表情を近くで見たい。

「彼女、美人だもんな。ダントツだよね。青葉一、いや、大阪一かもしれない」

「感じがエエよな。スポーティーで、美人美人してへん。優秀やし。ここだけの話、配属のとき、各部署で取り合いになったんやで」

そうだろうなと思う。温子はマーケティング部所属だが、営業部だろうが宣伝部だろうが、彼女がいれば必ず部の士気が上がる。

「……おれは美人の形容などができる男でないからなんにも言えないがまったく美人に相

違ない。って感じだよね」

笹崎がおれに言う。

おれは微笑んだ。『坊っちゃん』の一節、マドンナの描写だ。持参した漱石の文庫本をいくつか笹崎に貸したのだ。「なんだか水晶の珠を香水で暖めて、掌《てのひら》へ握ってみたような心持ちがした。」と続く。『坊っちゃん』が書かれたのは百年以上前らしいが、好きな女に寄せる男の感情なんてものは時代が移ろっても変わらないもんだ。

「キミに借りた文庫、この部分に傍線があったね。きっと雨嶋さんのことを考えたんだろうなって思ってさ。図星だろ」

図星だ。おれは笑ってうなずいた。

「ほんなら、同期の杉《すぎ》君なんか。カレシは」

杉晴彦《はるひこ》の名前が出てきて苦笑した。

ヤツの顔を思い浮べると条件反射的に気持ちが明るくなる。こいつも社内有名人だ。おれはオリンピックで金メダルを獲ると公言しているが、杉晴彦は「オレ、社長になるんや」と宣言した。「そう決めたら、仕事のすべてが楽しく、愛《いと》しくなるで」と言う。言葉どおり、同期の出世頭だ。すでに営業主任の肩書きがあり、最年少記録だという。エネルギッシュな自信家で、しかし可愛《かわい》げがあるから上役・先輩にも好かれるんだ。

「仲はいいです。杉と三人で飲むことも多いですよ」

「そうなのか。いや、杉君は面白いよ。雨嶋さんと酒を飲みたい男は社内にいっぱいいるんだ。それを、彼が仕切るんだよ。『雨嶋温子を誘う場合は、杉晴彦を通してください！』ってね。しかもあの笑顔で堂々と。この前もさ。ぼくの同期が雨嶋さんたちとの合コンを企画したら、『雨嶋、その月は一八日しか空いてませんね。前日まで四日連続で飲み会なので、できればこの日は休肝日にしたいところです。ティーパーティでよければ』だって。笑うしかないよね」

おれもさらに笑った。杉晴彦ならそのくらいはする。しかもまるでイヤ味なく。杉晴彦は女にもモテるが、同性にも気に入られる。

「マネジャー気取りやな。代理店の連中も粉かけよるから、杉は社外的にもディフェンスを拡げとるんやないか。まあ、そういった意味では安心やな。杉のことやから、悪いようにはせえへんやろ」

宮倉が言って笹崎が笑った。

おれは追加のビールを飲んだ。温子と杉晴彦の話題で気分が良くなり、食欲が増した。炒め物の蓮根《れんこん》のような野菜の歯ざわりがサクサクと小気味いい。

だが。次の笹崎の言葉に、歯切れが鈍ってきた。

「言っていいものかどうか迷ったんだけど。一か月、走水君と過ごして、なんかまるで兄貴のような気持ちになっちゃってね。ちょっと心配でさ。いや、やっぱりまずいかな」

会話の雰囲気が急変した。おれは箸《はし》を置いた。

「なにをごちゃごちゃ言うとる。気持ち悪いで。はよ言えや。ケニア仲間やろが」

「実は、その杉君のことなんですが。走水君がここにいるのは、どうやら杉君の画策だったらしいんです」

テーブルに置いたはずの箸が床に落ちた。思わず左腿《ひだりもも》をテーブル裏にぶつけてしまったんだ。

「どういうこっちゃ。それ、走水君、知っとった？」

宮倉の問いに、おれは即座に首を横に振った。

「……理由は分からない。でも人事に働きかけたのは事実らしいんですよ」

杉晴彦がおれをケニアに？

「なんや。話の流れからいくと、雨嶋がらみやな。杉が、雨嶋から走水を遠ざけたっちゅうことかいな」

笹崎がうなずいた。

口にしたビールにむせた。そんなこと、一ミリも考えなかった。

笹崎の言葉を聞いて、「おれに高地トレーニングをさせるため、杉が気を利かせたのか」と思ったくらいだ。

「たぶん、彼女の本命は走水君なんだろう。だから、杉君はキミを雨嶋さんから遠ざけた。

去るものは日々に疎し、ってことだ」

「せやけど、杉にそんな力があるんかいな」

「それがあるんですよ。人事権はなくても、人事権のある人間をゆさぶることはできます。あのキャラですからね」

おれはビールをあおった。せっかく気分よくメシを喰っていたのに、急激に胸が塞《ふさ》いできた。

「ごめんよ、妙なことを言って。最初に言ったように、まるで兄貴のような気持ちになっちゃってね」

「でも杉は、そういう男じゃないですよ」

仕事で忙しいときにも、おれが走った神戸マラソンの応援に駆けつけてくれた。野球やサッカーの試合とは違って、マラソンでは選手が一瞬で通り過ぎる。一瞬のために時間を割いて来てくれたんだ。「応援に行く」と言って来ないヤツは大勢いた。杉晴彦は口だけの人間とは違う。

「走水君の言うとおりだろう。でも人には裏も表もあるからね。たとえばさ。キミに借りた『坊っちゃん』にも似たような場面が出てくるぞ。人間ってのは、百年前でも同じようなことをやってるんだよ」

おれも瞬間的に『坊っちゃん』を思い出していた。マドンナと付き合っていたうらなり君が九州の日向《ひゅうが》に飛ばされてしまう。飛ばしたのは赤シャツ。うらなり君を遠ざけてマドンナを自分のものにしようと企んだ。

「なんや、オレも『坊っちゃん』くらいは知っとるけどな。こういうことか。雨嶋がマドンナで、赤シャツが杉やな。ほんで？　飛ばされたちゅうことで、うらなりが走水か」

「そういうことですけど。イメージとしては、走水君は〝坊っちゃん〟ですよ。すかっと竹を割ったような性格だし」

「せやなぁ。うらなりやないわなぁ」

「でも、実際の役回りはうらなりです」

「うらなり、やろな」

意味がわからない。

妙な話になってきた。坊っちゃんだとかうらなりだとか、勝手に決めつけられても困る。結構酒が入っているせいもあるだろう。二人ともおれの倍は飲んでいる。

杉晴彦のことを悪く言われて胸がムカついてきたが、おれは笑顔を浮かべることにした。本命は走水。その言葉に優越感を覚えたせいかもしれない。

しばらくすると笑いが込み上げてきた。漱石先生が苦笑する様を思ったのだ。二〇一六年のナイロビの中華料理店のテーブル上を、小説の登場人物が飛び交っている。なにが「うらなりやないわなぁ、うらなり、やろな」だ。

「ごめんよ。なんでこんなことを言ったかというとね。『坊っちゃん』を再読して、うらなり君のあまりの従順ぶりに腹が立ったからなんだよ」

笹崎が言った。

「まあ、人事権は上役にあるわけやし、組織人としては辞令に従うよりないわな」

「小説では、主人公と山嵐が仕返しをしてくれるけど、現実社会では、ほとんどの場合は泣き寝入りだよ。会社には坊っちゃんや山嵐なんていない」

「そりゃ、そうやろ。赤シャツに卵なんかをぶつけて、二人とも学校を辞めるんやろ。いくら腹が立ったからって、他人のために、誰もそこまではやらへんわな」

「だからこそ腹が立つ。うらなり君は従順過ぎるんです。自分でなんとかしないといけない。それに、この歳《とし》になって読み返してみると、主人公って何もしてないんですよ」

え？　と思う。笹崎はおれの目を見てうなずいた。

「学生時代にはそんな感想はなかったんだけど。坊っちゃんはただの傍観者に見える。威勢はいいけど、実はなにもしてない」

「そうですか。もう一度、読み返してみます」

「四国松山に赴任して、騒動に直面して、東京に戻ってくる。しょせん、当事者じゃないって思えるんだよな」

「なにが言いたいんや、キミは」

「だから、走水君はうらなり君であるべきなんです。坊っちゃんではいけない。当事者にならないと」

「よう分からん。なにが言いたいんや」

「ようするに、ぼくは走水派なんです。走水君に頑張ってもらいたい」

笹崎の言い方が芝居がかっていて、宮倉が口を開けて笑った。「だいじょうぶです。頑張ります」とおれは言った。早くこの話題を終わりにしてもらいたい。

「ようするにや。笹崎君は杉が嫌いなんやな。男前でスポーツマンで、営業成績も抜群で、性格もよくて上司受けもエエ。エラい勢いで出世しとる。ゴルフもカラオケも上手《うま》いらしいで。なにからなにまで揃うておる。パーフェクトや。そのうえ青葉一の別嬪を持っていかれたら、やられっぱなしやもんな。資本の独占や。光り輝く真ん丸の珠でも一つくらいキズがないと可愛くない。せやろ」

「そうかもしれません。宮倉主任はどうなんですか。杉君のことは」

「オレも、嫌いや」

爆笑だ。男のやっかみだ。それを明るく吐き出した。

たしかに杉晴彦はパーフェクト過ぎる。『坊っちゃん』のたとえでいけば、真ん丸の水晶のような男だ。

そこへいくと、おれはまるで丸みがなくて凸凹している。だが、輝きならば金メダルだ。

おれは自分のやることをやるだけだ。

不思議なことに、つられて笑ううちに首をもたげていた杉晴彦へのわだかまりも消えた。

笹崎の話は信用できないし、仮におれのケニア赴任に際して杉晴彦の意向がわずかでもあったとして、それでもいい。本気度だ。杉晴彦は本気で温子を取ろうとしているってことだ。温子がどう話しているのかは知らないが、おれは温子と約束をした。だから本命なんだ。杉晴彦は本命を本気で追い抜こうとした。

温子は、男の本気度がすべてだと言っていた。おれの場合は金メダルだ。本気度一〇〇〇パーセントで立ち向かって、獲れるかどうかって話だ。

そう考えれば、おれをケニアへ飛ばすことくらい、杉晴彦ならやるだろう。むしろ天晴《あっぱれ》だ。こういうのを藪蛇《やぶへび》って言うんだ。ケニアでロンスパを研《みが》いて、金メダルを獲るんだから。

「走水君、へんなこと言って悪かったな。とにかく、ぼくたち二人は走水のファンだ。ぼくと宮倉主任は、キミと雨嶋さんの結婚式に出席したい。そういうことだ」

「そういうことや。ぶっちゃけ言えば、雨嶋のファンなんや。キミが相手なら、披露宴も楽しく行けるやろ。あと、ホームパーティなんかも。その前に、引っ越しの手伝いにも行ったるわ。これが杉やと、あれこれ仕切りそうで面倒や」

もっと言えば、二人は温子が好きで杉が嫌いなんだ。おれのことなんかはどうでもいい。

「敵の敵は味方」ってことだ。

「ぜひ、お願いします」

閉会宣言のように元気な声を出し、やっとこの話が終わった。

と思ったら、二人は温子がタレントの誰に似ているのか、熱論を交わし始めた。俎上《そじょう》にあがるタレントや女優は美人ばかりだから、悪い気はしなかった。

温子の笑顔を思い浮かべながらあれこれと忙しくしているうちに、八月になり、リオオリンピックが始まった。

9

全種目の中継を観《み》たかったが、この時季は仕事が忙しくなり、いくつかの取り引き農園を行き来した。大阪から神戸や京都や和歌山や奈良に出向くのとはわけが違い、農園間の距離があるから、車に乗っている時間が長い。

匂いと一緒で、風景にも慣れてくる。

こっちに来た当初は地平線や青空を眺めるだけでわくわくしたけど、今はそれほどでもない。大阪の雑然とした街並みが懐かしい。

結局、風景を眺めるばかりで、ほとんどテレビを観られない。多くの種目を見逃した。

だが、男子マラソンだけは死守した。

なんといってもケニア代表は金メダル候補なのだ。ナイロビのスポーツバーで賑やかに観ることになっていた。

ランニング仲間の家族たちとビールを飲みながら応援する。もちろんおれは日本代表を応援するけど。

男子マラソンの日本代表は中原誠太郎《なかはらせいたろう》、大山英輝《おおやまひでき》、川村翔平《かわむらしょうへい》の三人だ。前の二人は持ちタイムで現役1位と2位。脂が乗り切っている世代だが、川村だけが若く、おれと同い年だ。

リオとナイロビの時差は六時間。仕事の段取りもうまくつけ、午前中に一軒農園を回るだけの予定にした。午後は仕事なし。そりゃそうだ。ケニア中がオリンピック男子マラソンに注目してるんだ。

ところが。

おれがスポーツバーに駆け込んだのは午後五時。

男子マラソンスタートから一時間半も過ぎている！

例によって、取引先のオヤジが時間に遅れたからだ。もちろん、そんなことは折り込み済みだから、十二分に余裕を見て約束の時間を決めたんだ。

それなのに！　農園のオヤジは五時間半も遅れてきた！　まったく冗談じゃない！　待つ間、おれはいらだちを鎮めるために、ポレポレを五百回唱えた。これも腹筋強化に役立ちそうだ。コーヒーも十杯飲んだ。

しかしそのくらい遅れると、オヤジが姿を見せたときには感謝さえした。自然と涙が出た。感動した。約束自体をよく忘れなかったもんだと感心した。

ルークに車を素っ飛ばしてもらって市街に戻った。唯一ありがたかったのは渋滞につかまらなかったこと。みんなどこかでオリンピック中継を観てるんだ。

スポーツバーはリオのカーニバルのような盛り上がりだ。

店の上部にあるいくつものモニターにはトップ集団が映っている。

ぎりぎり、三十キロ地点前に間に合った。

画面をぱっと見て、おれは身構えた。自然と気合いが入る。

集団は八人。かなり疲弊している。苛酷な戦いだ。先頭にはケニア勢が二人。

日本代表は……後方に一人いた。

川村だ。

川村が必死の形相で喰らいついている。中原と大山はどうなったのだろうか。

距離数と現タイムをざっと計算すると、ややスローペースだ。リオは相当に暑く、湿度も高いはずだ。スタートが朝九時台というのも、そういう理由からだろう。

背中に気合いを込めて、難しい顔で観ているのはおれくらいらしい。

とにかく大騒ぎだ。

ルークが友達からざっと情報を集めてくれた。

「気温三十度、朝にしては暑いです。ですが湿度は三十パーセントです。ある意味、異常気象です。今の時季のリオにしてはかなり珍しく、カラリとしています。内陸からの風がたくさん吹いて、湿度が下がったようです。暑いことは暑いのでスローペースで進んで、二十五キロ地点からケニア勢が揺さぶりをかけました。本当のスパートではなく、行くと見せかけて落ち着かせる。これの繰り返しです。それで集団が八人になったようです」

「日本代表の……いや、ケニアのもう一人は?」

「途中棄権しました。二十キロ地点くらい。調子が悪かったんでしょう」

他の日本代表二人のことを聞いてもムダだ。そんなものは誰も気にしちゃいないだろう。

川村、がんばっている。よく粘っている。

しかし。ものすごい盛り上がりで、ものすごくうるさい。高校の教室くらいのフロアに、ざっと二百人以上はいる。つまり一クラスに学年全員が集まっている感じ。みながビールを飲み、なにやらわめき、手を叩いている。強烈な体臭とコロンの匂いがする。

おれには珍しく、激しく後悔した。

さっさとアパートに帰って日本人だけで観戦すればよかった。肝心のルークの友だちとも、この情況では会える気がしない。ルークは彼らを探す気がまるでないようだし、おれにはまだケニア人の顔が区別できない。男性はほとんどが同じような短髪だし。

おれは群衆の中の孤独を感じつつ、川村を応援した。

「川村、粘れ!」

大声で叫んだ。全身が熱くなる。

でも——。何度目になるのか分からないけど、ケニア勢の揺さぶりに、三人が脱落した。その中に川村もいる。五人と三人の差が開いていく。やがて川村は画面から消えた。

五人のトップグループがさらに三人に絞られた。ケニア、エチオピア、タンザニア。おれの周囲はメチャクチャに盛り上がっている。

三人が競技場に戻ってくる。これ以上騒げないだろうと思っていたのに、さらに歓声が大きくなる。バー全体が揺れている。

デッドヒートにはならない。三人の差は均等に三十メートルくらいずつ開いた。

金がケニア、銀はエチオピア、銅がタンザニア。東アフリカ勢がメダル独占だ。

ビールかけが始まっている。と言っても日本のプロ野球の優勝時のように人にはかけない。自分の頭や顔にビールをふりかける。もちろんおれはそんなことはしない。一本だけ買ったビールに、口さえ付けていなかった。

川村は……がんばったが十位だった。タフなレースだったんだ。

バーの空気がようやく落ち着くと（それでも大阪のパチンコ屋並みにはうるさい）、ルークが話しかけてきた。

「神のご加護がありました。最高のコンディションでした。まあまあの高温で低湿度なのが良かった」

ようやくビールを一口啜り、おれは質問した。

「もし湿度が高かったら、どうだったと思いますか」

「メダル、一つも獲れてなかったと思います」

「東アフリカ勢が？」

「そうです」

「そんなに違うんですか」

「彼らは、最後まで気持ち良く走ることができた。それだけ。それができれば、ヨーロッパやアメリカやアジアのランナーには負けません。湿気がやる気を奪います」

「そうなんですか」

「南米の風に、神のご加護がありました」

ビールを飲み干して店を出た。

空が暗い。タクシーを呼ぶのが鉄則だが、今日はいい。強盗も祝杯をあげてお休みだろう。アパートまで2キロたらず。おれは即スパで駆け出した。

10

珍しいメールが来た。鮎川美貴《あゆかわみき》からだ。

「ケニアに行くなら行くで、ちゃんと言いなさいよ。送別会くらいしてやったのにさ。」

いきなり、文面の唇が尖っている。美貴の可愛らしい顔を思い出して笑ってしまった。乾いた上州弁の様子が懐かしい。

美貴は群馬の中学の同級生で、陸上部で一緒だった。おれと太郎と優一の共通の友達だ。

地元関係では、ケニア赴任は太郎にだけ話した。だから太郎から事情を聞いたんだろう。

……いや、そうでもないか。うちの母さんと美貴のお母さんは仲がいいから、当然、おれがケニアにいるって話も出てくるだろう。

だが、すぐに懐かしさが消えた。

緩いメールじゃなかった。

「久しぶりなんでいろいろあるんだけど、用件だけを書くね。

太郎の様子がおかしいの。

たぶん、ウツ。

会社も十月から休んでるんだ。

年内には辞めちゃうって。居場所がないらしいんだよ。

自主練習もしてない。なにもやる気が起きないみたいで。

なんで曖昧《あいまい》な書き方しかできないかっていうと、なにもしゃべってくれないから。

一度しか会ってくれなかった。それも、ちょっとだけ。誰にも会いたくないんだって。

そのことも、太郎のお母さんから聞いたんだ。

尚《なお》ちゃん先生にも会わないんだもん。二人で太郎の家に行ったら、お母さんが出てきてさ。大勢の人が苦手なんだって。二人でもダメなんだ。それでわたし一人がカステラを届けたんだけど、全然会話にならなかった。

目が、死んでた。

困っちゃったんだよ。

その後、尚ちゃん先生と話したんだけど、ウツだと思う。

原因は、そりゃなにかあるんだろうけど、原因を見つけて対処すれば治るってわけじゃない。原因探しで、もっと疲れちゃうってこともあるんだって。

太郎みたいな優等生ほど危ないらしい。

ここまで頑張り過ぎて、疲れちゃったのかも。

だから、頑張れとかしっかりとか、励ましちゃいけない。『どうしたんだよ』って問い詰めてもいけない。難しい病気なんだよ。

タケルしかいないんだ。太郎を救ってやれるのは。

タケルになら、太郎はきっと話すよ。

タケルしかいないんだよ。

すぐに帰ってきてくれないかな。

いや、すぐっていうのもダメなんだ。太郎を追い込んでしまうから。タケルのことだから、素っ飛んで帰ってくるだろ。すると『タケルにまで、迷惑をかけてしまった』って思っちゃうかもしれない。ケニアからならなおさらだ。『おれがウツになったせいだ』って、ますます落ち込んじゃうかもしれない。

電話なんかも、しないほうがいいと思う。

そう考えると、なんでケニアなんかに行っちゃったんだよ。大阪なら、太郎に負担をかけなくて済んだのに。

タケルはさ。いつも勝手にどこかへ行っちゃうよな。

正月には戻ってくるんだろ。そのときに、頼むよ。

本当に怖いんだ。分からないことばかりだから。ウツって、すっと魔が差すことも多いっていうから。もう、友達を失《な》くしたくないんだよ。タケル、頼んだよ。」

まいった。ケニアに来て、初めて心が揺れた。太郎が鬱《うつ》病だなんて。

春に電話で話したとき、ちょっとヘンだとは思った。太郎にしては弱音を吐いていた。

集団の中で潰されたのか？

上新製麺は日本陸上界の精鋭が集まる最強の実業団チームだ。そこで揉《も》まれて、疲れちゃったのか？

焦り過ぎたのか？

いや。それこそ美貴の言うとおりで、原因はどうでもいい。

おれはすぐに返信した。

「メールありがとう。正月に帰る。

それまでに太郎と話す機会があったら、伝言を頼む。

ポレポレだ。

最初に覚えたスワヒリ語。『急がず、ゆっくり』ってこと。

美貴も口に出してみな。不思議と気持ちがゆったりするから。おれは日に百回は言ってるよ。この前なんて五百回言ったんだ。」

11

日本の一月は晴れ晴れとして寒い。正月過ぎ、群馬に帰った。

太郎に電話すると、ああとかううとか唸《うな》ってばかりで要領を得ない。美貴から聞いているとおり、みんなで会うこともできない。おれの「一時帰国・ケニア報告会」って理由が通用しないんだ。

「上州の酒が呑みたいんだ。一杯だけ、付き合えよ」

「酒は……頭が重くなる。薬も飲んでるし」

太郎の病気のことには、なにも触れなかった。美貴から話が伝わっていることを太郎は知っている。「どうしたんだ」も「だいじょうぶか」も要らない。

「太郎は水でも飲んでろよ。いつか行った煮込みの美味《うま》い店。問屋街の。ああいうのが喰《く》いたいんだ」

「店はちょっと。うるさくて」

「太郎の家にするか」

「散らかってる」

難しいもんだ。中学からの友達と久しぶりに新春の酒を呑もうってだけなのに、なんでこんなに面倒なんだろう。

美貴に釘《くぎ》を刺されている。鬱病の人間にはやってはいけないことがあると。励ますこと、問い詰めること、強要すること、呆《あき》れること、怒ること。

おれは無言で笑顔を作った。太郎には見えないだろうけど。

「じゃあ、優一の墓参りだ。今日しかない。おれも大阪に行ったりして忙しいんだ」

やっと太郎が「分かった」と言った。

家の軽自動車で太郎を迎えにいった。太郎のお母さんやお兄さんにも会えるかと思っていたら、家に入り込む道路の角に背の高い男が立っている。太郎だ。

クラクションを短く鳴らすと、太郎は小さく右手を挙げた。

上下赤いジャージを着て、白いニット帽を深めにかぶっている。

一年ぶりの再会だけど、ずいぶんと懐かしい。

それは太郎が様変わりしているせいだ。相変わらず鉛筆のようにすらっとしているが、背中が丸まっている。

なにより、顔がしょぼくれている。紙のような無表情だった。

おれはウインドウを開けて深呼吸した。冷気が体に入ってくる。

太郎が助手席に座った。足元はナイロン製のジョギングシューズだ。

「昼メシ、喰った?」

おれは言った。久しぶりに顔を見た第一声にしては間が抜けている。

いや、と太郎がつぶやく。

いつもの強い目線じゃない。目が死んでいる。その目は赤いジョギングシューズのあたりを漂っている。

「墓参りのあと、メシ行こう。下仁田ですき焼きでも喰うか。すき焼き、喰いたいな。どこか開いてるだろ」

「すぐに帰るよ」

ますます痩《や》せちゃうぞ、という言葉をおれは胸に呑み込んだ。安易に励ましの言葉をかけてはいけない。

「そうか。話してるうちに気が変わった。いい格好をしてるし。優一のところへ行く前に、ちょっと走ろう」

ああ、と太郎が言う。肯定でも否定でもない相づちだ。

「急に走りたくなってさ。なんでだと思う?」

「さあ」

「突っ立って待ってただろ。その姿を見てさ。駅伝の中継所を思い出したんだ」

返事がないから、おれは前を見て車を出した。

伊勢崎の華蔵寺公園に着いた。

高校の駅伝県大会で走ったコースだ。トラックのある競技場の入り口付近が広場になっている。この時期、さすがに人影はない。

あのときは秋の好天だった。緑も青かったし、各高校のユニフォームがカラフルで賑《にぎ》やかだった。今は欅《けやき》並木が寒々としている。走るコースとは関係ないが、公園内の大池に水がない。冬に水を抜いて点検するらしい。黄色いレーンを走るジェットコースターが水面ぎりぎりで水しぶきを上げるところが名物なんだが。むき出しの池底を見て、胸が痛んだ。ちょっと見たくない風景だ。

高三のとき、おれと太郎は同じコースを走り、ラストはデッドヒートになった。襷《たすき》を仲間に渡したあと、つまらないことで言い争いになり、殴り合いの喧嘩《けんか》になったんだ。おれは高校の入江《いりえ》監督にこっぴどく叱《しか》られた。「レースは続いてるんだぞ。襷を渡したからって終わりじゃないんだ。おまえには駅伝を走る資格なんてない！」と。そしておれは頭を丸めた。

思い出のコースだ。ここから、おれのデッドヒートは始まったんだ。

乾いた青空に山々がくっきり映える。一月の冷気がいい。ナイロビの気候も文句ないけど、日本の冬もいい。

おれも太郎と似たような格好で、軽く流すには具合がいい。

競技場前の広場で脚をぶらつかせていると、「どのくらいで走るんだ」と太郎が言った。スピード設定だ。

「軽く行こう。水分が抜けない程度で」

太郎がうなずく。おれと違って、太郎は手足を動かさない。

「このへんにいるよ」

「なんでだよ！」

声を荒らげてしまった。怒ってはいけないのに。

でも、太郎の顔は変わらない。目の大きさも変わらない。なにを言っても反応が鈍い。

「一緒に走ろうぜ」

「散歩してるよ」

「おまえはご隠居か。一緒に走るために寄り道したんだぞ」

「頭が重いんだ」

「軽く、付き合えよ」

「気持ちが、前に行かないんだよ」

黙るしかない。

要するに、おれは「頑張れ」と言っている。

「走れ」と言っている。「足を出せ」と言っている。励ましちゃいけないと分かっているのに、結局は励ましている。

今の太郎に、励ましはいらない。太郎の心を追い込むだけなんだ。

「……バカ野郎」

おれはつぶやいた。

太郎の顔から目を逸《そ》らし、自分のシューズを見下ろした。家にあった旧《ふる》いシューズ。高校時代に履いていたブルーのジョギングシューズだ。

ふと、温子の笑顔が浮かんできた。

いつかの温子の言葉。「傷つく人って、知らずに人を傷つけてる」。

どんな脈絡で言われたのかは忘れてしまったけど、道徳的で倫理的な説教臭い話だと思った。

太郎はたぶん、おれ以外の人間をバカ呼ばわりしない。バカだバカだのやりとりは、おれと太郎の仲限定だ。

おれと違い、太郎はどこからどう見ても優等生だ。中学で成績が学年トップで、県立トップ校に入った。顔もいかにも利口そうで、うちの母さんによると、昔のアニメに出てくる「スナフキン」というキャラにそっくりらしい。手足もすらりと長くて、欠点らしい欠点が見当らない。陸上も勉強も頑張って、難関の文英大に現役合格した。文英大は陸上長距離の名門だけど太郎程度の実績では推薦はもらえず、一般入試での入学だった。その中で箱根駅伝メンバーに残り、三年では5区山上りを、四年では10区アンカーを務めた。

そして長距離界の大名門、上新製麺に入ったんだ。

「分かった。太郎の勝手だもんな。足を出すのも止まるのもな。じゃあおれも勝手なことを言うぞ。おれの目標はさ。東京オリンピックで金メダルを獲ることだ。知ってるよな。ここからは内緒だけどさ。二十キロ地点からスパートをかけてさ。そのままイッタイッタでゴールテープを切るんだ。必ずそうなる。必ずそうする。ケニアで、そういう練習をしてるんだ。……内緒だぞ。おまえに言うと、上新ルートでおれの秘密特訓がバレる危険性があるからな。それでまあ、そのときにさ、太郎にいてほしい。代表の三人に入ってほしいんだ。遠ざかるおれの背中を見て、悔しがってほしいんだよ。おれの、咬《か》ませ犬になってくれ」

太郎の目がおれをちらりと見た。その視線が、弱々しく逸れる。

「ここ、笑いどころ。バカ！　の言いどころだぜ。おれのマラソンの師匠、青葉にいた阿久さんだけどさ。競馬狂で、なんでもかんでも競馬にたとえるんだよ。おれは逃げ馬で、大逃げを打つ。イッタイッタだ。二十キロからのスパートに外国人勢は呆れるわけだけど、他の日本人代表二人はそれを知っていて、冷静にゴール前で差せるペースを刻む。オールジャパンでメダルを獲りに行くからな。おれには集団のペースを揺さぶる役割もあるってわけだ。二人もおれに協力する。おれがスパートをかけたときに、『ウソだろ！』って叫ぶわけだ。外国勢を油断させる演技だな。その役は太郎しかいないだろう。英語とかスワヒリ語とかで、『バカ！』って叫んでもらいたい。おれには太郎の『バカ！』が必要なんだ。そうすりゃ、おれの金メダルにちょっとでも貢献したことになるだろ」

「バカが」

やっと出た。

おれは右の拳《こぶし》に力を込めた。

今まで太郎に言われた中で最弱の「バカ」だけど、まあいい。バカはバカだ。

「引き立て役になってもらいたかったんだけどな。そいつは諦《あきら》めるしかなさそうだ。だからせめて、ここで一緒に走ろう」

太郎がうなずいている。

そしてうつむいた顔を上げて、おれを見た。

「二十キロからのロングスパートって……正気か」

「もちろん。気になるのか」

「そんなこと、できるのか」

「できないと思うヤツには、できないだろうな。おれはできると思って練習してる」

「阿久さんの入れ知恵か」

「そうだ。バカだと思うか」

「いや……北京《ペキン》オリンピックの女子で、ルーマニアのディタが逃げ切ってる」

「さすが。よく知ってるじゃないか」

「ああいうのは、史上一度切りじゃないかな」

「おれが必ずやる。展開の助けがあれば、きっと成功する。『展開の助け』ってのも競馬用語らしいんだけどな」

　ふっ、と太郎が短く息を吐いた。

「タケルは……青葉に行って良かったよな」

　おれは笑顔を作った。太郎の言葉が転がり始めた。

「阿久さんの指導……良かったじゃないか」

「おれもそう思う。ただし指導を受けた記憶はあんまりない。阿久さんのいい加減な雰囲気が、おれにとってはそんなに悪くないんだよ。監督なのに、人になにかを強制するような感じがないいんだ」

「長距離の指導者なんて、きっとそんな感じでいいんだ。カチカチしてなくてさ。結局は自分が全部やるんだから」

　上新ではカチカチと介入してくるのか——と言いかけて、おれは口をつぐんだ。こちらからはなにも言わない。太郎が話したいのなら聞いてやる。そういうスタンスだ。

「分かった。走ろう」

太郎の言葉に、おれは思わず指を鳴らした。

「ポレポレで行こう。意味、美貴から聞いてるだろ」

太郎が無言でうなずいた。

「ざっくりと一周だな。どのくらいあったっけ」

「十キロだ。もう忘れたのか。1区走者がコースを一周してちょうど十キロだったじゃないか」

「よく覚えてるな」

「1区ランナーが、風向きとか、その日の条件を、みんなに伝えたじゃないか」

そうだった。おれのチームはキャプテンの藤棚圭吾《ふじだなけいご》が1区を走った。おれは4区・八キロを走った。太郎も4区走者で、ゴール前で競り合いになった。

「どのくらいで走る。全然練習してないから、タケルに着いていくよ」

「一般道も通るからな。四十分くらいいか」

「三十分で行こう」

速すぎる！　おれは思わず笑った。

太郎はとろりとした目のまま、表情を変えない。

「全然ポレポレじゃない。勝負根性、戻ったのか」

「いや……。一万メートルと言われたら、どんなコースでも三十分は切りたいじゃないか」

「よし。そう言われて、引っ込むわけにはいかない。太郎に負けるわけないけど、おれも時差ボケ、気候ボケだから、ちょうどいいかもな」

太郎が口を結んで小さくうなずいた。いつもなら軽口の応酬になるのに……。ケニア修行の成果を採点してやるか、とか。

でも、うなずいただけ上等だ。

手早くアップをして、公園のスタート地点に並んで立った。

おれの左腕にはスポーツウオッチがある。最初から走るつもりでいたんだ。

「こっちの風は冷たいや。熱燗《あつかん》が呑みたいよ。走ったら、気が変わるかもな」

太郎は返事をしない。

おれはうなずき、「十秒前」と言った。おれがカウントダウンを叫び、二人で同時にスタートした。

12

上州の冷気をたっぷりと吸い込み、四十二分超で競技場前に戻ってきた。車も通るし、信号待ちもあったから、タイムはこんなところだろう。風は冷たいけど強くはなかった。このペースで十キロならば朝メシ前だ。ずっと太郎と並走した。久しぶりに上州の山並みを眺めながら走った。雪をまとった山並みがいい。何度も見ているはずなのにすごく新鮮だ。ケニアもいいけど上州もなかなかだ。

「なに考えて、走ってるんだ」

膝《ひざ》に手をついて息を弾ませている太郎に、おれは聞いた。

「おれたち、走る時間が長いだろ。走る最中に考えることって大事じゃん。おれは高校の監督から教わったんだよ。太郎のことだから、流儀でもあるのかと思ってさ」

「決めてない。そのときどきだ」

「そうか」

「タケルが唱えるのは、三好達治の詩だったな」

え？　とおれは声を出した。

三好達治の「昨日はどこにもありません」という詩。ケニアでも世話になっている。おれの流儀を、なぜ太郎が知っているんだ。

「自分で言ったじゃないか。大学に入ったとき」

おれの心を見透かしたように太郎が言った。

「修学院大の最初の練習でさ。新入部員のほとんどが出身高校のユニフォームを着てたって。タケルだけが無地のシャツだったって。それで、この詩を思い出したって、自慢したじゃないか」

「おれが、太郎に自慢したのか」

「そうだ。みんな無意識に過去に縛られてるってさ。その後、おれもそう思うときがあったよ。上新に入ったときに、文英のユニフォームやジャージは実家に置いてきた。上新の新人は、誰も大学のユニフォームなんて着てなかった」

「別に自慢したんじゃない。この詩がいいから、教えてやったんだ」

「詩のとおり、タケルは過去をすっかり忘れてる。そのとき、おれはこう言ったんだ。三好達治の詩なら『雪』が好きだ、って」

全然覚えていない。「太郎の屋根に～」と、太郎が出てくるからだろうか。

「太郎は頭が良すぎるんだよ。おれは物覚えが悪いけど、太郎は物忘れが悪過ぎる。少しはメモリーを消去しろよ」

「そうかもな。あの詩、いいよな。『今日悲しいのは今日のこと／昨日のことではありません』ってところが」

「いいだろ。これってさ。反省するけど後悔はしない、ってことだろ。いや、反省もしなくていいのかな。真逆もいる。『後悔するけど、反省はしない』って。競馬好きのオッサンだけどさ」

「普通、どっちもするもんな。反省と後悔」

「うちのおやじも、同じようなことを言った。勝負の最中は絶対に反省するなって。おやじが教えてくれた、数少ない名言だ」

太郎の口の端が、少しだけ上がった。

「走って、頭、軽くなったか」

「とりあえず……腹は減ったよ」

おれもそうだ。午後二時を回っている。上州名物の三麺（うどん、そば、スパゲティ）を三軒ハシゴできるくらいの空腹だ。それぞれ、そこら中に美味い店がある。ナイロビでは決して食べられないから喰い溜《だ》めしておきたい。

「渋川に親戚がやってる店がある」と太郎が言った。ソースカツ丼が有名で、ラーメンも美味いらしい。ソースカツ丼は基本が二枚乗せで、一枚二百円で追加ができるというから思わず腹が鳴った。七枚乗せくらいはいけそうだ。でも伊勢崎から渋川まで近くないし、優一の墓からは遠ざかってしまう。それで文句を言うと、「知らない店は嫌なんだ」と太郎は言った。

三麵もソースカツ丼も諦めて優一の墓に向かうことにした。

途中、スーパーの駐車場の屋台で焼き饅頭《まんじゅう》を買った。これも喰いたかった。

車中、太郎はずっと無言だった。おれも話しかけない。カーステレオやラジオもつけないから、軽いエンジン音だけが響く。

しかし、と思う。

おれはナイロビから戻ってきたんだ。いろいろと聞くことがあるんじゃないのか。気候とかメシとか言葉の問題とか。ケニアのマラソン事情とか。そういうことを太郎は聞いてこない。無関心だ。とろりとした生気のない目を見ていると、人間に備わっているはずのスイッチがいくつかオフになっているのではと思えてくる。

優一の眠る墓地に着いた。エンジンを切ると一切の音が消える。淋《さび》しくて仕方がない。

「ええとさ」

太郎が口を開いた。おれは半開きにしたドアから手を離した。

「優一の前では、饅頭だけを喰おう」

「……おう。それしかないけどな」

「だからさ。ちょっと、話、いいか」

おれはドアを閉め直した。優一の前では話したくない。そういうことだ。

「美貴から聞いてると思うけど。鬱なんだよ。普段は、こんなこと話す気になれない。あのコース、走ったおかげかもな。久々に胸が空いたよ」

おれは黙ってうなずいた。

「……なにをやるにも粘りがなくなって、すぐに疲れちゃう。考えることもね。そのくせ、昔のことはよく覚えてる。過去のことばかりを考えてる。そういう自分がいやでしょうがないけど、なにもできないから、また落ち込む。周囲は励ますから、それも負担になる」

太郎のようになんでもできるヤツほど、周囲の励ましも大きいのだろう……。

「もうちょっと分かりやすく話してくれないか。どうしても、太郎のイメージに合わないんだ」

「たとえば……。夢でさ。中継所で襷を受けて走り出そうとしたとき、足が全然出ない。そんな悪夢。それに似てる」

気持ちばかりが空回りするんだ。

「だから、気分が落ち込んでるくせに、いつもイライラしてる。ときおり、急激に不安があふれてきて、パニックになる。外見的にはじたばたしてないけど、身体《からだ》の中では得体の知れない怪物が暴れ回ってるんだ。……それが、今日は割と穏やかでさ」

「今がチャンスだ。スパートのタイミングだ。なんでも話せ」

　太郎は首を横に振った。

「もう十分話した。聞くのはおれのほうだ。タケルが話してくれ」

「なに？」

「話すのも、疲れるんだ。これでも話し過ぎのほうだ。……タケルの声が、まあ、おれにとっては、悪くないんだよ」

　そういうことか。

　拍子抜けしたのと安心したのとで、おれは焼き饅頭にかぶりついた。香ばしく、食感がフガフガしていて、震えるほど美味い。上州の小麦の味だ。ケニアにはない味だ。フガフガした軽快な感じが、走った後にまたぴったりなんだ。

「で？　おれはなにを話すんだ？」

「凹《へこ》んだこと。長距離やっててさ」

「弱音を吐け、っていうのか」

「その後、立ち直るときの気持ち」

　おれは顔をあげてフロントガラスを見た。上州の山々がくっきりと迫ってくる。

　いいぞ、と思う。

　鬱《ふさ》いでいるときには、前向きな気持ちになれないという。でも太郎の申し出は前向きだ。

あのコース、走って良かった。

「でもなぁ。おれの場合、たくさんあり過ぎてな。二時間六分以内に話せるかどうか」

自分で言って大笑いをした。ちょっと芝居がかってるけど。

「凹んでばかりだったからな。おれは覚えが悪いから、最近のことから。そうだな。やっぱり青葉陸上部の廃部か。いや、そんなことじゃ凹まなかったな。阿久さんとの別れもやっ……あれも、大したことじゃない。競馬場に行けば、いつでも会えそうだしな。現に、ケニアにまでアドバイスをくれるし」

太郎は口を結んで山々を見ている。

「そう考えると、青葉に入って凹んだことってないかな。いいことばかりだ。ケニアにも飛ばしてくれたし」

「よかったな、青葉に行って」

太郎がつぶやく。おれは言葉を呑んだ。

青葉自慢をしてはいけなかったのかもしれない。おれが青葉に行かずに予定どおり上新に入っていたら。ひょっとしたら、太郎が鬱ぎ込むこともなかったかもしれないじゃないか。「タケルはいつも勝手にどこかに行ってしまう」。美貴のメールがフロントガラスに浮かんでくる。

「やっぱり大学のときだ。二年のとき。箱根の8区で凡走してさ。部員全員の前で監督にメチャクチャに怒られた。さすがにあのときは凹んだ。ハートで選んだ選手がハートを折ってどうするんだって。キツい言葉を喰らったよ」

口に出してから、「あれも、それほどでもないか」と思い直した。

おれに力がなくて、チームの期待に応《こた》えられなかっただけだ。だから立ち直ると言っても、気持ちを入れて練習するしかなかった。走っていれば凹んだハートもまた膨張してきた。

凹むことって、自分のダメさに思い当ったり、突きつけられたりすることじゃない。そんなものは猛省して精進すればいいだけのことだ。

凹むのは、自分の力ではどうにもならないことだ。

別れだ。

もちろん、優一との別れが一番だった。今でも気持ちに折り合いがついていない。のたうち回りたくなるときがある。

でも、今は優一のことは話さない。太郎も同じ悲しみを背負っているから。太郎もそう思っている。優一以外のことを話してくれ、と。

「いや。もっと凹んだのは、その前日だ。５区で襷が途切れたとき」

「覚えてるよ。三十万《みそまん》さんだろ。低体温と脱水だ。あれは可哀相だったな」

「三十万先輩とは合宿所で同室だったんだ。本当にいい人でさ。あんないい人いないってくらいだ。先輩がどうしようもなく落ち込んでたから、おれは気力を振り絞って励ましたんだ」

「タケルらしいな」

「５区のリタイアは、一種の遭難なんだ。標高八百メートルとは言っても山は山だ。登山部の友達が言ってたけど、山にあんな軽装で入っていくなんて考えられないって。三十万先輩はいい人過ぎてさ。自分のせいで襷が切れて、死にたいなんて言う。それで、おれもスイッチが入っちゃってさ。慰めるのをやめたんだ。監督も四年生の同期も、みんな三十万先輩に気を遣ってた。腫物《はれもの》に触るようにってヤツだ。だからおれがズバリ言ってやったんだ。先輩のせいだ。三十万先輩がおれたちの箱根を潰《つぶ》したんだ、って」

太郎がじっとおれを見つめている。おれは息を呑み込んで、話を続けた。

「翌日の復路で、おれが凡走したのも、襷を切った三十万先輩のせいだって責めたんだ。そしたら三十先輩は泣きながらおれに殴りかかってきた。おれも拳《こぶし》を出したよ。おれの目にも涙が溢《あふ》れてきたから、たいした殴り合いじゃない。三十万先輩は会津で中学の先生になったんだけど、悲しみを引きずったまま故郷に帰らないでくれって頼んだんだ。胸張って、笑って、途中棄権したときのツラい気持ちを生徒たちに聞かせてやれって頼んだんだ。死にたくなるような体験なんて、誰にでもできるもんじゃない。メチャクチャに前向きになってくれってさ」

その光景を思い出してしまって、胸がつまった。

あのときは寮則を破って茶碗酒《ちゃわんざけ》を呑んだんだ。

「ええと、なんの話、してるんだっけ」

「タケルが凹んだ話」

「そうだったな。話してるうちに気づいた。友達や先輩が凹むのを見るのがツラいんだ。自分じゃどうにもできないから。だから、途中から挑発するようになっちゃうんだ。おれなりに慰めようとしてたのにさ」

「タケルらしいよ」

「そのへん、おやじ譲りなのかもしれない。この前の名人戦でさ。おやじは五時間半長考したんだ。それなのに、読みを入れた手じゃなくて、最後の一分で閃《ひらめ》いた別の手を指したんだって。笑っちゃうだろ」

「天才ってのは、そういうもんだ」

「だからさ。おれもそれで行ってやれって思った。今もね」

おれは背筋を伸ばした。

「美貴に釘を刺されたんだ。鬱の人に、言っちゃいけない言葉。そいつを言うよ」

「いいよ」

「頑張ってくれよ。いつものように、クールにさ。なにがあったか知らないけど、昨日はどこにもないんだから。上新、辞めて良かったって思えよ。太郎に合わないだけだ。もっと自分を中心に考えろ」

「そうだな」

「医者に行ってるって聞いたけど、薬を飲むと、ますます頭がぼんやりすることもあるらしいじゃないか。そんなのやめちまえ。だいたい、マラソンランナーが薬飲んじゃダメだよ。朝走って、メシをいっぱい喰って、昼寝して、夕方は軽く酒飲んでさ。早く寝ちまうんだ」

「なかなか眠れないんだ」

「だったら……夕食に肉を食べろ。牛でも豚でも鶏でも。ガッツリ喰え。スパイスを効かせて喰え。必ずご飯を一緒に食べろ。肉と米の組み合わせが、一番眠くなるらしいよ」

いつか阿久さんに聞いた話だ。不眠症の人はたいてい小食で、しかもあまり肉を食べないというデータがあった。そこで小食は小食なりに、どういう食材の組み合わせが睡眠導入に効いたかを研究したところ、「肉プラス米」が最強の組み合わせだと分かったという。栄養学の知識がこういうところで活《い》きた。青葉製薬に行って良かった。

「やってみるよ。たしかに悪循環だった。やる気がないから走らない。走らないから腹も減らない。食べないと眠れない。そういうことなんだな」

「そうだ。昨日までのことはもういいからさ。今からやれよ。焼き饅頭、喰えよ」

差し出した饅頭に太郎が手をつけた。おれももう一個食べた。言いたいことが言えたせいか、冷めているのにさっきよりも数段美味い。

「頑張れって、漠然としてるよな。そういう曖昧な言葉、もともと太郎は嫌いだっただろ。さっきも言ったように、東京オリンピックの代表に入ってくれ。まだ時間はある。十分に立て直せるさ。真夏の東京を一緒に走ろう。おれのロングスパートを見送ってくれ」

饅頭を口に入れたせいか、太郎の返事はなかった。

本当は——。

用意してきた決めゼリフがあるんだ。

日本へ帰る飛行機の中で、おれなりにずっと考えてきた。

一番嬉しい言葉ってなんだろう。

逆から考えると分かる。最悪は「死ね」だ。その逆だ。「生きろ」だ。「わたしは、あなたに生きてほしい」だ。

「わたしには、あなたが必要です」だ。

「太郎は、おれにとって必要なんだ」

それを言おうと思っていた。

でもそんなこと、言えるもんじゃない。言えやしない。

「焼き饅頭、もう一個喰うか」

太郎は無言で首を横に振った。

「じゃあおれが喰う。ケニアにはない味だ。このフガフガな感じ。上州の美味い空気を一緒に喰ってる気持ちになる」

おれは言葉を封じ込めるように、焼き饅頭を口いっぱいに頰張《ほおば》った。

「美味いな、焼き饅頭」

こんなことしか、言えやしないんだよ。

13

言葉少なに太郎を送り届け、おれは国道にあるファミレスに向かった。

尚ちゃん先生との待ち合わせだ。久しぶりに会う。ちょうど入店前の駐車場で出くわして、「せっかく里帰りしたんだから、ファミレスなんかじゃなくて、焼き饅頭、どう？」と言うから笑ってしまった。

腹にも余裕があるし、尚ちゃん先生案に乗った。小さな食堂で、駐車場には車が五台も停《と》まっている。尚ちゃん先生は常連らしく、年配の店主と奥さんに歓迎された。焼きそばがメーンだけど、焼き饅頭やもつ煮込み、唐揚げなんかもある。オジサンのグループが多く、賑やかにテーブル席でビールを飲んでいる。

尚ちゃん先生とおれは壁ぎわの座敷に腰を下ろした。熱々の焙《ほう》じ茶の薬缶《やかん》がきて、尚ちゃん先生は焼き饅頭を、おれは焼きそばの大盛りを頼んだ。

「おかみさん、サキ女《ジョ》の先輩なの。ってことは、タケルのお母さんの先輩でもあるね」

サキ女とは地元の女子校の略称だ。母さんもそこの出身で、ちなみに対になる男子校はサキ高《タカ》。太郎の母校だ。ともに県屈指の進学校だ。

「いい店だね。入った瞬間に美味《おい》しそうな匂いがした。でも、太郎は苦手なんだって。賑やかな感じが」

しょうがないよね、と尚ちゃん先生が答えた。

太郎とは違って、尚ちゃん先生はケニアのことを矢継ぎ早に聞いてきた。マラソンで言えば〝入り〟の五キロだ。すぐに焼きそばが届いたから、おれはむさぼり喰った。濃厚なソース味が美味い。麺を口にかき込みながら、おれはいろいろと話した。

「その、会社の人が話したタケルの抜擢《ばってき》理由って、たぶん冗談じゃなくて本当なんだよ」

尚ちゃん先生が笑う。おれも笑う。

「日本人って真面目だろ。赴任先がそれなりに厳しい環境なら、見事に順応するんだよね。でも、時間にルーズな土地柄だと順応できない。イライラしちゃうんじゃないかな。そういうイライラってケニアの人にも伝わるでしょ。良い関係性を作るのが営業の仕事だから、そうなると良くないよね。でもタケルはイライラしないでしょ。きっとケニアの人たちに好かれるって思われたんだよ」

「今みたいに、ちゃんと理屈を言ってもらえればな。『アホやから』とか『何を喰っても生きていける』とか『襲われても逃げ足が速い』とかじゃ、ちょっとキツいよ」

けたけたと尚ちゃん先生が笑う。尚ちゃん先生は恩師だけど、自然とタメ口になってしまうんだ。昔から男っぽくて、すらりと背が高くていつでも背筋が伸びている。

「ちゃんと言わないのは、テレてるからだ。大人のユーモアだ。さすが、大阪の会社だね。青葉の人事はタケルの長所をきちんと把握してる。それにしても、逃げ足が速いからって理由も笑っちゃうね」

笑っているうちに〝入り〟の十五分が過ぎた。

焼き饅頭の皿が来た。円《まる》い饅頭が三つ、串刺《くしざ》しになっている。一つ分けてもらうと、さっき太郎と食べたものよりもずっと美味い。やっぱり焼き立てだ。

「タケルは美味そうに食べるね。焼き饅頭、最近は小中学校の給食に出るんだよ」

「そりゃいい。これ、絶対に牛乳に合うもんね」

焼き饅頭を食べ終えると、太郎の話だ。

「簡単に言うとね」

尚ちゃん先生の語調が改まる。

「太郎が飛び込んだ環境には、テレもユーモアもなかったんだよ。あるのは競争。はっきりとした数字。それは百も承知で入ったんだから、太郎だって覚悟はできてた」

「やっぱり、上新で、太郎は疲れちゃったんだ」

「あの出来事のせいとか、誰かの言葉がきっかけとか、たぶんそういうもんじゃないんだよ。コップに水を入れてその中にコインを落としていくと、いつかは水がこぼれる。最後のコインがこぼれた原因とは決めつけられないだろ。それと一緒」

そのたとえで行くと、太郎はコップに水を満々と溜《た》め込んでいたってことになる。小出しに水を捨てられず、いっぱいいっぱいになってしまったんだ。

「この前、テレビを観ててね。なるほどって思ったことがあったの。斎藤茂太《さいとうしげた》さんって、お医者さん知ってる？」

おれは首を横に振った。

「斎藤茂吉《もきち》の長男。北杜夫《きたもりお》のお兄さん」

首を振り続ける。さっぱりわからない。

「知らなくたっていいよ。その茂太さんが言ってたの。お祖父《じい》さんが大好きだったって。なんでもかんでも誉《ほ》めてくれたらしい。落書きをしても、すばらしい絵だって。なにをやっても必ず誉められたんだって」

自分にも経験がある。ジジババって、そういうものかもしれない。

「父親が口うるさかったから、なおさらお祖父さんが好きになったそうよ。それを聞いて、そういうことなんだって思った。タケルのお父さんも、口うるさいでしょ」

おれは即座にうなずいた。尚ちゃん先生が頰をあげて笑う。

「対比なのよ。父親がうるさいから、祖父の優しい言葉が心に沁《し》みるんじゃないかな。茂太さんのお祖父さんは、そのことをちゃんと分かっていた。父親が口うるさいから、自分はなんでも誉めてやろうって決めたのよ。もし父親がそれほどうるさくなかったら、そんなに誉めなかったんじゃないかな。うるさい父親がいてこそ。うるさいのも優しいのも、どっちも子どもへの愛情なのよ」

おれの頭におやじの厳しい表情が浮かんできた。そのおやじは「何度言ったら分かるんだ」と冷たく言った。

「太郎はね。あまり怒られたことがないよね。中学の頃から、いや小学校の頃からしっかりしてたろうから。成績もいいし気性もいい。小中で合わせて八回もクラス委員をやったんだ。クラス委員って、あまり怒られないよね。太郎のことを愛しているご両親だってお兄さんだって、わたしだって、怒る理由がないのに怒ることはできない。そういうのって、実は両刃《もろは》の剣じゃないかなって。うるさい人が必要なのよ。男の子には特にね」

「打たれ弱かったってことかな」

「そういうことかも。文英も厳しいチームだけど、大学の駅伝チームって、基本は温かいから。学生だもん。上新の比じゃないよね。実業団チームにはうるさいことがいっぱいある。言葉じゃなくたって、制度として。一万メートルのタイムによって、遠征のメンバーを機械的に決めたり。タイムが悪いとすぱっと切り捨てられる。そういうことばかりで、疲れちゃったのかもね」

おれは熱い焙じ茶を啜《すす》った。

太郎は尚ちゃん先生と会っても、胸のうちを話したわけじゃない。でも、伊勢崎でのおれとの会話と同じで、別に隠しているわけじゃない。話したくても話せない。コップの水がこぼれた原因なんて、太郎にだって分からないんだ。

「太郎はタケルにさ、よく、バカって言うだろ」

「千回は軽く超えてるんじゃないかな。太郎はバカの配給王だ」

「タケルって言い返す？　口よりも先に手が出るほうか」

「どっちも。なにしろしょっちゅう言われてるから。太郎にバカって言われても、もう痛くもかゆくもないよ」

「太郎はさ。自分に言ってるんだ。バカって」

えっ？

「バカって、自分への罵声《ばせい》なの。タケルにバカって返してほしいから。太郎はね。分かってたと思うんだよ。怒られない自分の危うさを。うるささや厳しさを、タケルに求めたんだ。あと、優一にもね」

そんなこと、初めて考えたよ。

「うるさいこと、厳しいことを言ってくれる人って、タケルの場合はお父さんだろ。どんなに厳しい言葉をもらっても、揺るぎない関係性がある。タケルにとって、決して心変わりしない人間だ」

うなずくしかない。さすがは尚ちゃん先生だ。「決して心変わりしない人間」って、鋭い分析だ。でもどこか既視感がある言葉のような。

「誉める人間ってのは、案外いい加減でね。容易に心変わりする。長距離のコーチはそのいい例だ。タイムが良ければ誉めるし、悪ければ叱咤する。コーチってそういうもんだから当たりまえだけどね。太郎のようなランナーには、『心変わりしない人間』が必要なんだ。そこへ行くとさ。青葉にいた阿久さん。あの人はユニークだね。誉めも叱咤もしないらしいじゃないか。阿久さんは、特に長距離ランナーの気持ちをよく分かってるんじゃないかな」

そうかなぁ、とも思うが……。

しかし言われてみると、おれのまわりには「決して心変わりしない人間」がおおぜいいる。とびきり恵まれているんだ。おやじはもちろん母さんも将も。目の前にいる尚ちゃん先生も。そして優一も。温子も……温子はちょっと微妙か。杉晴彦は……たしかに誉め上手だけど、こいつの心変わりは別にいい。

太郎だってもちろん。

その太郎の心が揺れているから、まいってるんだ。

「でも、今日はありがとう。きっと太郎の心も軽くなったと思うよ。太郎が一番会いたかったのって、タケルなんだからさ」

「美貴に叱られちゃった。タケルはいつでも勝手にどこかへ行っちゃうって」

「いや、それもタイミング的に良かったんだ。タケルがケニアに行ってなければ、真っ先に太郎に会ってるだろ。それも良し悪しでさ。早けりゃいいってわけじゃない。わたしや美貴が心配して、タケルはわりと最後のほうに顔を出した。それが良かったんじゃないかな」

「太郎、だいじょうぶだよね」

「だいじょうぶ。タケルがいるから」

おれは焙じ茶を飲み干した。直球ど真ん中で言われるとテレる。

「もう、だいじょうぶだけどね。美貴とも話したんだけどさ。一番コワいのはね。優一に会いたくなってしまうことなんだ」

「優一に……」

「優一だけに、おれの気持ちを聞いてもらいたい。もし太郎がそう思ったとしたら、コワいんだよ」

コワい。

美貴がメールで書いていたこと。もう友達を失いたくないんだ、という言葉。

「太郎はね。優一の死を、自分の責任だと思っているところがある。あの日、優一は太郎の家に向かっていたから」

「それは、聞いた。太郎に借りた本を返そうとしてたたって」

「優一と太郎だけの仲良しならコワいんだ。太郎は自分のことだけを考えるヤツじゃない。自分も淋しいけど、優一も淋しいだろうって考える。だから会いに行ってやろうと魔が差すかもしれない……。でもタケルがいるから。自分にも優一にもタケルがいる。そう考えられる。だから、もうだいじょうぶ」

おれはなぜか、おやじの顔を思った。

例によっておやじが独断で引っ越しを決めたから、おれは上州の中学に転校することになった。そこで優一、太郎、美貴、尚ちゃん先生と出会ったんだ。将棋のことは全然分からないけど、序盤に差した手が、ずいぶん後のほうで活きてくる。そんな感じなのかもしれない。

「で、さ。タケルの話しようよ。カノジョ、いるんだろ。どんな女《こ》？　ひょっとして、ケニアの女性？」

おやじの眼鏡ヅラが消えて、温子の機嫌のいい笑顔が出てきた。

おれは焼き饅頭を頬張った。こういうのもテレる。

14

社に顔を出し、温子にも杉晴彦にも会った。

心は上の空だ。太郎のことが頭から離れない。

車中での焼き饅頭の味が口の中に居残っている。尚ちゃん先生と食べた焼きたてのほうが美味かったのに。

「時差ボケ？　かなり疲れとるね」と温子は言った。ずっと会いたかったのに、心がときめかない。こういうときに、気の利いた表情ができない。

温子にも太郎のことは話さなかった。

同期で宴会を開いてくれたけど、どうもおれ自身が盛り上がらなかった。温子や杉晴彦や他の同期の連中はナイロビでのことをあれこれ聞いてきた。そのことに疲れた。太郎は一切聞いてこなかったな、などと思ってしまう。

逃げるように、ナイロビに戻った。

大阪ではまったく走らなかった。寒さのせいか、走る気がしなかった。どういうわけか、今のおれはこっちのほうが落ち着く。

毎朝「即スパ」で走り、休みにはフルマラソンの距離を走った。

ただし距離を走るだけで、タイムは取らない。ロングスパートの練習は、あくまで即スパだけにした。

ナイロビは気候が安定していて、一年を通じて平均気温は十八度くらい。日中はどんなに暑くても気温三十度止まり。日差しはキツいけど湿度が低く、カラっとしている。いつだって気持ち良く走ることができる。朝は特に涼しく、出社前の即スパはまさに快走だ。ひとっ走りして飲む本場のコーヒーがとても美味い。

ただし、環境にも慣れて、物足りなさも感じてきた。

涼しすぎる。

日本の冬のように寒すぎるよりはいい。腰痛持ちにとっては乾いた気候もありがたい。でも、いくら一八〇〇メートルの高地で走るといっても、快適すぎるのもどうかと思う。目標は酷暑の東京オリンピックなんだから。

それで、ルークに申し出た。

「ナイロビでのランニングにも慣れました。もっと暑いところはないですか」

「海岸に行けば、かなり暑いですよ」

「せっかく赤道直下の国にいるのに、ここは快適すぎます」

「ナイロビの気候の快適さに文句を言われたのは、初めてのことです」

「初めは、ナイロビだけが特別だと思っていました。でもケニアってどこでも涼しいんですね。標高一八〇〇メートルですもんね」

「そう。ケニア、涼しいです。赤道の国だから暑いと思われてます。特に日本人はそう思うようです」

ルークがやわらかく笑う。

「ですけど、東海岸のインド洋沿いは暑いです。モンバサは前の首都でしたが、暑すぎてナイロビに首都が移ったとも言われています。タケは、観光はいらないんでしたね」

「暑いところを走るだけでいいです。できれば湿度の高い場所。蒸し暑いところがいい」

「では、ラムがいいでしょう。ラム島にある歴史ある町です。雰囲気がナイロビとは全然違います。ビーチも町並みも美しいところです。インド洋の水温が高いので、マリンスポーツが人気です。ここにランニングに行く人はいませんけれども」

「天の邪鬼のおれにぴったりです」

「道が狭いので、走るコースがあるのかどうか、よく分かりません。湿度の高い熱風が吹くので、走る人などいません。車さえ走りません。ロバなどの動物も走りません。みな、のんびりしています」

「道があればどこだって走れます。気温と湿度は、どのくらいでしょう」

「気温は三十四度くらいで、湿度はたぶん百パーセント近くです」

「そりゃいい！　そこにします。週末、行きましょう」

「わたしは行きません。飛行機でナイロビから一時間です。どうぞ、気をつけて、いってらっしゃい」

ちょっと心細いが、ルークは待ち合わせ時間に必ず遅れるから、一人遠征が気楽でいい。

週末、おれはラムへ向かった。すぐに走れるようにTシャツを着てランニングパンツをはき、キャップをかぶりサングラスをかけ、貴重品は極小のウエストポーチに収納した。一応、フェイクの財布も仕込んできた。

たしかに海に浮かぶ島々を見ているうちに飛行機は着いたけど、隣りのマンダ島に着陸して、船でラム島へ渡るという。走るだけなのに、なんでこんなに面倒なのかとも思ったが、まさに乗りかかった船だ。

飛行場に降り立つとワクワクしてきた。身体中から汗が噴き出してくる。強烈な熱気がおれを包み込む。文句なしに暑い。日差しがある分、サウナより暑い。

ケニアに来て、初めて経験する猛暑だ。

これだこれだ。これぞ赤道直下の暑さだ。

迎えのダウ船に乗って十分でラム島へ着いた。

たしかにナイロビとはまるで雰囲気が違う。黒いドレス姿のイスラム教徒の女性が多く歩いている。港も町並みも素敵な感じだけど……。

道が狭くて走るところがない。車の姿はどこにもなく、荷物運搬はロバの役目のようだ。どの道も、ロバがようやくすれ違えるかどうかという狭さだ。ロバと目が合ったとき、「ボアーッ!」と鳴かれてぎょっとした。「なんだ、おまえ」とでも思ったか。

苦笑するしかない。ただ暑いところにやってきただけ。これもポレポレか。

時刻は午前十一時。昼メシ前に走りたいけど、最悪、どこかの広場で腹筋チャレンジをやって帰ろうかとも思った。でも、飛行機と船を乗り継いできて腹筋やってもなぁ。

街を走れないことはないけど、ここで走ると空気をかき乱すことになる。走るのは明らかに異常事態だ。

それにしても蒸し暑い。大阪でも京都でも、高崎でも横須賀でも経験したことのない蒸し暑さだ。日差しが強いのに蒸し暑い。そこが日本と決定的に違う。

速歩きでもたっぷりと汗をかけそうだから、目立たない程度のスピードで町をぐるりと回ることにした。ラム博物館というのがあるそうだから、そのへんを目指して。ケニアに来て半年、初めて観光名所を訪れることになる。

そう思って足を出したら、三歩目で閃いた。

海岸線はどうだ。

美しいビーチがあるじゃないか。

タイムはまるで出ないだろうけど、一種のクロカンだ。たっぷりと汗はかけるだろう。

あれこれ聞き込むと、南へ三キロ行けばシェラという海岸線に出る。そこはリゾート地として有名で、七マイルの砂浜が続いているという。約十一キロだ。往復すればちょうどいい。さっそく南へ向かった。

砂浜は白くて、海はエメラルドグリーンで、椰子《やし》の木が風に揺れていて、とても美しい風景だ。見通しもいい。

しかし砂浜ランニングはひどくキツい。照り返しがものすごい。熱風に包み込まれ、呼吸が苦痛だった。砂が熱く、シューズを通してでもそれが分かる。足が重く、十分走ってイヤになった。

これは苦行だ。風景が美しい分、余計にツラい。

買っておいたミネラルウォーターのボトル二本がすぐに空になった。こういう場所には、やはりランニングパンツではなく海水パンツで来るべきだったか。

足を引きずるようにずりずりと走って、往復で二時間弱。ひどい疲労感だ。でもこれを求めてラムまでやってきた。

帰りの飛行機でシートに倒れ込むと、ついさっき悪戦苦闘した砂浜がくっきりと見下ろせた。腹が立つくらいに綺麗《きれい》な海岸線だ。

今はうんざりだけど……たぶん来週も来ることになるだろう。

うすうす分かっていたけど、ラムで確信したことがある。

ケニア人は暑いところでは走らない。動物だって走らない。
ナイロビはとても涼しい。ケニアは涼しい。
だからきっと、ケニア人ランナーは暑さに弱い。

15

夜のナイロビは思わず鼻歌が出るほど涼しい。

夕食後はしばらくベッドに身体を横たえる。食休みだ。

仰向けになって天井を眺めるばかりなのも芸がないから枕元《まくらもと》の文庫本を手に取った。やっぱり『坊っちゃん』に手が伸びてしまう。

退屈しのぎに漱石の文庫をひととおり持ってきたんだが、目を通すのはもっぱらこれだ。もう何遍も読み返しているから、こっちではページをちらちらと眺めるばかりだ。調子のいい文章に触れているだけで気持ちがいい。

ぱっとページを開くと職員会議の場面だ。唐茄子《とうなす》のうらなり君が会議室に来ていない。

おれとうらなり君とはどういう宿世の因縁かしらないが、この人の顔を見て以来どうしても忘れられない。

おや、と思う。今まで何度も読んだはずなのに、なぜだかこの文章に目が留まった。

主人公はなぜ、目立たないうらなり君を好ましく思っているのだろう。自分で「うらなり」などという冴《さ》えないあだ名をつけているくせに。

それが気になって、結局冒頭から最後の一文まで、読み通してしまった。

なんとなく分かった。

うらなり君は、「挨拶をするとへえと恐縮して頭を下げるから気の毒になる。学校へ出てうらなり君ほどおとなしい人はいない。めったに笑ったこともないが、よけいな口をきいたこともない。」というくらいで、滅多にしゃべらない。

そこがいいんだ。

しゃべらないから鼻につかない。坊っちゃんは誰かになにかを言われるたびに腹を立てている。「ぞなもし」という生徒の方言にさえ腹を立てる。だから寡黙なうらなり君を見ると心が和むんだ。

おれは文庫本を閉じ、太郎のとろりとした冷たい目を思い浮べた。

太郎はうらなり君とは正反対の男だ。

寡黙そうな顔立ちをしているくせに、バカだバカだとおれに突っかかってくる。今は、あまりしゃべらなくなったけど。

でも、どういうわけか心が和む。太郎が人を見下すような目をしておれの前に立つと、なぜだか気持ちが明るくなる。おれは太郎の言葉に過剰に反応しないから。

太郎は——過剰に反応してしまったんじゃないか。

誰かの言葉に。太郎の鬱は、たぶん言葉が原因なんだ。

誰のどんな言葉なのか、そんなことはもうどうでもいい。とにかく太郎の心は、言葉に疲れたんだ。言葉の多さ、鋭さに。

そういえば、と思う。『坊っちゃん』を読むとき、自然と登場人物に俳優やタレントや友達の顔を重ねている。うらなり君は、どういうわけか阿久さんのイメージだ。その理由が分かった。阿久さんもああとかううとか言うばかりで、あまり言葉を重ねないところがある。ただし活性酸素の話や競馬関連になると舌が滑らかになる。マラソンの技術論などは、メールで詳しく教えてくれるけど、実際に会うと、あそこまで言葉を重ねるかどうかは疑問だ。

冗舌なイメージがあるけど、よくよく考えれば競馬の展開予想に似ている。東京オリンピックの戦略とかロングスパートの効果とか、「オレはこう読む。こういう理由やからな。おまえさんの脚質なら、こういう展開や。絶対やで」ってことじゃないか。

性格なんだろう。阿久さんは、人を追い込まない。言葉で人を疲れさせる人じゃないんだ。

今の太郎にとって必要なのは、阿久さんのような人なんじゃないか。

すぐにパソコンに向かってキーを叩《たた》いた。阿久さんへのお願いだ。太郎に会ってくれと。

陸連で仕事をしているのなら東京にいるはずだ。

太郎の現状と、おれと太郎の関係を簡潔に書いた。太郎が復活すればおれの金メダルが近づいてくると。

すぐに返事が来た。

「文英の時崎太郎やな。

そうなんか。まあ、いろいろあるわな。

四半世紀も生きとれば、人間、そりゃなんかしらあるわ。

走ることで頭もスッキリするもんやが、逆にウツっぽくなるヤツもおるんやな。不思議なもんや。タイムが良くなればなるほど、ストレスも増えるからな。

過度に期待がかかって、それに応えられない自分の腑甲斐《ふがい》なさを責めてしまうこともある。真面目なヤツほどそうや。

おまえさんは知らんやろうが、東京オリンピックで銅メダルを獲った円谷《つぶらや》さんも、そうやったんや。真面目なんや。自分を責めるんや。そこへいくとおまえさんはエエ。まったく心配ない。

これはオレの仮説なんやが。食物や大気から、身体によくないモンがいろいろ入ってくるわな。化学物質とかな。いくら気をつけても、生きてる以上はしゃあない。

そういう悪いモンを、人間はいったん内臓脂肪や皮下脂肪に回すわけやな。ところが、極端に体脂肪の少ない人間には、悪いモンを貯《た》めておく場所がないんや。ほんで、悪いモンがダイレクトに内臓や脳に行くわけや。長距離選手は危ないわけやな。だから身体にエエもんを喰え言うとるわけや。あくまでオレの仮説やけどな。

活性酸素の話で言うたとおり、マラソンランナーは死に向かって走る矛盾した存在なんや。死の手前にウッがあっても、なんもおかしくない。

よっしゃ。おれにまかせとけ。

その代わり、おまえさんはそっちで気分よく走るんやぞ。」

太郎に阿久さんの連絡先をメールした。

「会ってみてくれ。阿久さんは野口英世に似てるんだ。千円札の。目が優しく笑ってるんだ。それを見るだけでも価値がある」

そう書いた。

一週間後、阿久さんからメールが来た。

太郎と会ったんだ。動きが早い。

「時崎と会ったで。

東京競馬場や。八高線いうのを使うと、高崎と府中は案外近いんやな。

人込みはイヤだとグズりおったが、とろんとした目をしてやってきた。

競馬を知らん言うから、イチから教えたった。パドックで馬をじっと見とった。ここがおまえさんと違うところや。なにに対しても真面目なんやな。

競馬場の風景が気に入ったようや。空が広いやろ。その下で馬が走るやろ。地響きも聞こえるやろ。

競馬場の人込みも、かえって良かったみたいや。

たしかに人は多いけど、みなが馬券の検討に真剣やから、独特の統一感がある。ウツっぽいヤツがそこに身を置くと、安心感を覚えるんやろな。

ウツっぽいヤツは、多かれ少なかれ被害妄想を抱くもんや。みなが自分のことを監視しとるってな。だから人込みがイヤなんや。

ところが、競馬場は妙に居心地がエエ。群衆の中の孤独や。

その群衆は同じ目的で集まっておって、誰も他人のことなんて気にしてへん。レースが始まれば、全員が同じところを観る。雰囲気が浮ついていずに真剣なんや。適度に賑《にぎ》やかなところもエエ。大の大人が大声出しても違和感がない。失意と歓喜が渦巻いとる。こういう場所、そうはないんちゃうかな。

分かるか？　おまえさんには分からんやろうな。競馬場には希望があるんや。たぶん時崎には分かったと思うで。利口やからな。それで、あれこれと質問してくるようになった。

結局、競馬の話しかせんかった。

最終レースのあと、飲み屋に誘ったんやが、すぐに帰りおった。

競馬場近くの飲み屋がまたエエんやけどな。ここにも統一感がある。たいていの客は馬券を外して悔しがっとる。せやけど希望が漂っとるんや。次は必ず当てたる、思うてる。不屈のガッツやで。

ところで、おまえさんが最初に買った馬券、覚えとるか？

三年前やったか、暮れの阪神の10レースや。

ノーブレーキボーイや。あれで万馬券獲ったやろ。

そのこと、時崎に話したんか？

その馬が、メインレースに出とった。おれは黙っとったが、時崎はノーブレーキボーイの複勝を買ったんや。これが三着に入った。

配当はたいしたことなかったけど、微《かす》かに笑顔を見せとった。おまえら初めて当てた馬が同じなんて、すごい偶然やな。

ちなみにオレはあかんかった。おまえさんの万馬券のことは覚えとったけど、前三走は凡走やったし、三連複のヒモを外してもうた。一・二着は的中やったから、ノーブレーキボーイを買っとれば。惜しいことした。

もし時崎が競馬狂になったとしても、オレは知らんで。」

おれは財布から一枚の馬券を取り出した。

「1番　ノーブレーキボーイ」だ。単勝を買った。万馬券だったのに換金期日を過ぎてしまい、お守りにしている。番号もいいし、なにより馬名がいい。どこか優一のことを思い出させるから。

きっと、太郎も同じことを思ったんだ。

複勝ってところも堅実な太郎らしい。それがちゃんと三着に来るんだから、ノーブレーキボーイに感謝したい。

とにかく太郎が笑ったんだ。

おれは心からほっとした。競馬場ってのはすばらしい。阿久さんならではだ。競馬の話しかしなかったというのもいい。

肝心の太郎からは音沙汰《おとさた》がなかった。阿久さんのメールから十日ほどして、ようやく太郎から便りが着た。

短いメールだ。

「阿久さんに会ったぞ。

全然、野口英世に似てなかった。

どのへんが似てるんだ。」


たったこれだけ。

なんというそっけなさか。長々とした阿久さんのメールとは好対照だ。

しかし妙だ。阿久＝野口英世説にはかなりの自信がある。青葉の元陸上部員たちも「似とる似とる」と笑っていたはずなのに。

おれはすぐに返信した。


「財布から千円札を出して、もう一度よく見てくれ。折り畳んでいた札なら、肖像画の部分をよく伸ばしてくれ。

口髭《くちひげ》とか、二重の目の感じとか。そっくりじゃないか。

ところで、札と言えば『諭吉、ある？』って言われなかったか。

今後もし言われることがあったら、きっぱり拒むもよし、諭吉を差し出すもよし。

おれは差し出しちゃう。

なんかご利益がありそうで。でも安月給だからちょっとツラい。
『英世、ある?』ならありがたいんだけどな。」

返事は案外早く着いた。

「あれは『諭吉ある?』だったのか。
『雪、ちゃう?』って聞こえて、晴天になに言ってんだと思って無視した。
それで、諭吉を差し出したら、ちゃんと返ってくるのか?」

声をあげて笑った。
太郎に無視された阿久さんの情けなさそうな顔が浮かぶ。
ようやく笑いが納まり、おれも短く返信した。

「太郎も案外バカだな。返ってくるわけないだろう。
競馬場での阿久さんの様子を見りゃ分かるぜ。」

たった一言、「きっと、いいことがあるんだろう」と返信がきた。

そっけないけど、いい言葉を寄越した。
このこと自体がいいことだ。諭吉の功徳か。

ようやく日本の紙幣を使えるぞと思っていたら、もう少しケニア・シリングの世話になることになった。ちなみに、ケニアの紙幣の肖像はどの額面も初代大統領のジョモ・ケニヤッタさんだ。阿久さんがケニアにいれば、「ケニヤッタ、ある?」ってことになるんだろうけど、そのときには50シリング札（日本円で約六十円）を出せばいい。諭吉が高すぎるんだ。

16

任期が一年延びた。

プロジェクトの進み具合が予想より遅れているのだ。

本社からは研究員も営業部員も交替を打診されたが、おれも宮・笹コンビも首を横に振った。まだまだ粘りたかった。開発は試行錯誤の連続だったが、タイムは悪くても手応えはある感じだった。宮・笹コンビの顔つきが一年前よりも精悍《せいかん》に見える。

おれのほうは絶好調で、高地の空気にもすっかり慣れた。

七月にはナイロビ市内を走るサファリマラソンに出た。ハーフの大会だ。毎朝の即スパの成果を思う存分発揮してタイムは六十一分三十三秒。二十一キロだからまずまずだろう。

トータルで二十位。日本人では文句ナシの一位だ（日本人の参加は十名だったけど）。上位はほとんどケニア人ランナーだ。一位のタイムは五十九分五十五秒。すばらしいスピードだ。

十一月も終わるころだった。

午後三時。激しい雨の中、研究室に戻ると、宮・笹が珍しくオフィスのデスクに座っていた。二人の眼鏡顔に緊張の色がある。レース前のランナーのようだ。

二人のデスクの境界線にフラスコがある。薄いグリーンの油が入っている。

「ケニアオイル」の分析結果を待っている。

これで何度目のチャレンジだろう。何度も跳ね返された。任期を一年延ばして粘ってみたものの、期待を越える成果が出なかった。

社長の設定要求が厳しいんだ。

ケニア北部に繁る、なんとかという花（正式名称が複雑すぎて発音できない）。この種子にアルファ・リノレン酸という脂肪酸が豊富に含まれている。この脂肪酸はアレルギー症状（喘息《ぜんそく》、アトピー性皮膚炎、花粉症など）を優しく抑える効能がある。

アルファ・リノレン酸を含む植物油はしそ油やえごま油など、すでに日本の市場にある。だがケニアの花が極上で、風味もすばらしい。ただし脂肪酸の抽出が難しいとされていた。

日本人の三人に一人がなんらかのアレルギーに悩むと言われていて、市場規模はとてつもなく大きい。それなのに、しそ油、えごま油はそれほど普及していない。高価だし、はっきり言えば美味《おい》しくないからだ。

サラダ油やオリーブ油などの常用油と比べると明らかにクセがある。おれも比較のために何度も味見をさせられたが、植物油なのに魚っぽい風味がある。

しかもアルファ・リノレン酸は酸化しやすく、高温調理に向かないから、サラダドレッシングなどに使うことになる。しかしその風味のせいでどうしても敬遠されてしまうのだろう。いくら健康に良くても、美味しくなければ売れない。

そこで青葉製薬の開発チームはケニアの花に着目した。風味をそこなわず、香料などの余計な添加物を使わず、しかも廉価に大量生産できる植物油を作る。通称「ケニアオイル・プロジェクト」だ。

植物油は、複数の脂肪酸から作られている。リノール酸やらオレイン酸やらの含有割合で特徴が出る。

「ケニアオイル」はアルファ・リノレン酸の含有量ナンバーワン。社長の設定したハードルだ。これがなかなか越えられない。

おれは何度も何度も試作品の味見をした。まず色がいい。薄いグリーン。オリーブオイルよりも渋い色だ。油だけを舐《な》めたり、小麦のチャパティに垂らしたりした。味は悪くない。正直に言うと、サラダ油以上オリーブ油以下ってところか。ちょっと香料を入れれば、とも思うが、それを社長は頑として許さない。ただし、油だけ単独で口にすることはないから、胡椒《こしょう》やレモン汁でアレンジすれば十分に美味しい。

酸化にも比較的に強いらしく、さっと炒《いた》める分には風味も変わらない。おれはこの油でよくオムレツを作る。

「出ました」

笹崎がパソコンを凝視しながら言った。

「八十パーセント。クリアです。やりましたね」

宮倉ががくっと首を前に落とした。肩が震えている。笹崎が立ち上がり、宮倉に寄り添う。宮倉ががばっと立ち上がって、二人はがっちりと抱き合った。

「やったな！」

「やりました！」

二人とも、眼鏡をずらしたままで互いを讃《たた》え合う。男二人の頬を涙がつたう。おれももらい泣きをしてしまった。宮・笹コンビの粘り勝ちだ。

「走水も、ようやった」

宮倉が言うので、おれは無言で頭を下げた。言葉が出ない。

「よっしゃ。これで来年の秋には出せる。画期的新商品や。冬のボーナスに間に合ったで。全社員に感謝されるで」

「商品名、どうしましょう。マーケの連中があれこれ口を出してきますよ」

「どうしよか。あの連中、ダサいネーミングを言ってきよるしな」

たしかに。『ガス台キレイにふきとりーな』という商品もある。これがそこそこヒットするんだから世間には奥行きがある。

「ぼくらの子どもみたいなもんですから。ぼくらでつけましょう」

「そやな。そのとおりや」

ここまで、とりあえず「ケニアオイル」で通してきた。完成してから商品名を決めようということになっていた。

「走水、どや。こういうのは、文系の仕事やろ」

「ケニアオイル、でもいいですけどね。ずっと聞いていて、耳が慣れてます」

「ちょっと芸がないね。コレが、絶対に通さないよ」

笹崎が右手の親指をピンと突き出し、天井に向けた。コレというのは社長のことだ。

「じゃあ、ポレポレはどうですか。ぼくらが一番最初に覚えたスワヒリ語です」

「それ、いいね！　ポレポレ草オイルだ」

「エエな！　草、取ろか。ポレポレオイルでどや」

こっちのほうが絶対にいい！

アレルギーってのはギザギザとささくれ立ったイメージがあるから、ポレポレなら気持ちまで和む。

「青葉のポレポレオイルや。大ヒット間違いなしやで」

「社長賞、もらえますかね」

「あったりまえや。金一封の金額交渉、オレがしたるわ」

「出世、できますかね」

「こっちもあったりまえや。抽出データはパソコンの中やけど、経験値はキミとオレの頭の中にあるんやで。ずっと真剣勝負してきた研究員の勘の冴えや。帰国してＶＩＰ待遇せんかったら、二人で大手に移籍しよか」

「頑張った甲斐がありましたね。走水君も出世するぞ」

おれは微笑んで何度もうなずいた。出世出世となま臭い話だが、ナイロビの地で聞くと不思議と清々《すがすが》しい。

儲けだ出世だという以前に、プロジェクトの意義がすばらしいんだ。

アレルギー症状に悩む人は多い（特に小さい子どもがかわいそうだ）。彼らの福音になることは間違いない。クセがなくて美味しく、酸化しにくく、そして安く量産できること。社長の難題を、宮・笹コンビは見事にクリアした。

「今夜は打ち上げや。走水君、予定、エエか」

「もちろんです。最高に嬉《うれ》しいです」

「キミの好きなもん、喰おうや。シャンパン開けようや」

「今夜こそ、ニャマチョマ、どうですか」

ケニア風の炭火焼肉だ。ナイロビ市内にいくつも焼肉店がある。肉の種類が豊富で、牛、豚、羊の他にダチョウ、ワニ、キリン、シマウマの肉まである。ワイルドにグリルしている様子が外から見えて、おれは涎《よだれ》を呑み込んだ。何度も誘ったのだが、あまり肉食系ではない宮・笹コンビは難色を示した。だから一度も行ったことがない。ルークと二人で肉を焼くのも間が抜けている。焼肉は三人以上で食べるもんだ。

「よっしゃ。行こか。ワニでもキリンでも、喰うたろやないかい」

ルークに連絡して予約を入れてもらった。ルークももちろん参加する。

今夜は喰うぞ。ポレポレ打ち上げだ！

17

正月。和牛が喰いたいと言って宮・笹コンビは一時帰国した。

おれはナイロビに残った。

ケニアの初日の出を見たかった。二度目になるが、これがなかなかいい。

大地から太陽が上がってくる様は、ちょっと感動的だ。

しかも、いつもの朝と気温が変わらない。初日の出は大学合宿所で計四回見ているが、歯が鳴るほどに寒かった。こっちではTシャツに短パンだ。同じ朝日を見ているはずなのに、エラい違いだ。

四月に日本に戻るから、なるべくこっちで走りたい。最高の環境にいるのに、わざわざ一番寒い時期の日本へ帰ることもない。長時間飛行機に乗るのも腰が痛くなるし、風邪を引いてもばかばかしい。

ラムの砂浜ランニングが病み付きになってしまった。月に二度は飛行機に乗った。

その後、太郎とは連絡を取っていない。駅伝の中継所と一緒で、信じて待つだけだ。太郎は必ず復活する。襷を持って走ってくる。

阿久さんとは頻繁にメールのやりとりをしているが、太郎の話は出てこない。競馬仲間にはならなかったようだ。

阿久さんのメールは相変わらず冗舌なのに、日本の長距離界の話題もまったく出てこない。こっちにいても情報ならネットでいくらでも取れるけど、自分のことで忙しいから気にならない。

そうこうしているうちに、日本では二月のマラソンシーズンになった。アフリカ勢が招待される別府大分毎日マラソンなど、ケニアにも中継される。おれはレースを観ない。

だが、東京マラソンにだけは見入った。

二〇二〇年の東京オリンピックもだいたい同じコースを走るだろうと言われているから。おれがロングスパートを仕かける二十キロ地点は「西新橋」の交差点だ。とりあえず来年の東京マラソンは走りたい。だが先のことを考えて焦っても仕方がない。「昨日はどこにもありません」と一緒で、「来年はここにはありません」だ。

招待選手のレース後、市民ランナーの走る姿が映し出された。ものすごい人数だ。テレビ画面にちらちらと目をやりながら、おれは腹筋チャレンジをやった。

すると、ゆるゆるだったアナウンサーの様子が変わった。

「すごい記録が出ました！」と叫んでいる。

「一般参加で二時間三十分切りです！」

それはすごい。

あれだけの大群だからスピードなんて出せない。下手に焦ると転倒する。おれも神戸マラソンで経験した。とにかく大群はカーブを曲がるときにスピードが落ちる。早歩きなみの遅さになる。タイムにこだわる選手ならたぶんイライラする。イライラは走りに影響する。集団を抜けたときについ飛び出して、後半で失速してしまうんだ。

一般参加の二時間三十分は、招待選手レースの二時間十分台に匹敵する。

まさかタレントランナーじゃないだろうなと画面を見た。

黒いキャップをかぶった長身の男だ。

おれは腹筋チャレンジを中断して思わず立ち上がった。

ひょろりとした長身、シャープな顔つき。

太郎じゃないか！

太郎が一般参加トップでゴールした！

Ｔシャツも短パンも黒。ずいぶんと渋い格好をしている。頭もさっぱりしているようで、サラサラの髪がキャップからはみ出していない。

「太郎！」

おれは大声で叫んだ。

顔が良くなっている。

もちろんフルマラソンを走り切って疲れた感じはあるけど、目が上を向き、いきいきしている。

去年の正月に会ったときとは全然違う。

太郎、復活したな！

黒Tシャツのトップランナーが時崎太郎ということに、テレビクルーはまったく気づいていない。

名門・文英大四年のときに箱根駅伝でアンカーを務めて二位。実業団の強豪・上新製麵に入り、東京オリンピック強化選手プロジェクト「ＴＯＰ」にも名を列《つら》ねた時崎太郎。彼は完全に忘れ去られている。

女性タレントのレポーターがマイク片手に太郎の背中を追いかける。インタビューのためだろう。この女性タレ、太郎のことを知らなかったら全国に恥をさらすぞ。

おれはニヤニヤしながら画面に見入った。

しかしインタビューは不発だった。太郎が距離延長のようにどんどん逃げたのだ。それでいい。テレビなんかに出なくていい。

どこまで行くんだよ太郎。まさか。日曜日だし、そのまま東京競馬場へ直行しようっていうんじゃないだろうな。

太郎、頑張ったな！

待ってたぜ。

おれはテレビを消して素早く支度をした。いつもとは違う時間だけど、猛烈に即スパをやりたくなった。

太郎がおれに襷を届けてくれたような気がして。

18

空を飛ぶ鳥が小さくてほっとする。雲も遠くにあって小ぶりだし、朝日も夕日も梅干しのようで可愛らしい。

四月、青葉クルーはケニアから帰国した。

大阪は桜が満開で、花びらに歓迎されるような心持ちだ。

会社でも大歓待された。

日本に戻ると、季節ってものを強烈に感じる。桜の時季は気持ちがふわふわする。

日本、特に大阪は忙《せわ》しい雰囲気がするが、春だけは別だ。街にポレポレ感が漂っている。

そう感じるのはおれだけか。

会いたい人が大勢いる。

会社関係は温子、杉晴彦。実家の上州では太郎、おやじ、母さん、将。尚ちゃん先生、美貴。マラソン関係は阿久さんだ。

温子、杉晴彦とは昼飯を食べた。

まず、温子の髪がずいぶんと伸びたことに驚いた。ふわふわとウエイブのかかった髪だ。

ぐっと色気が増して見える。おれが好きな温子は、元気のいいベリーショートなんだけど。もちろんロングヘアもいい。

二人は、おれを見て目を大きくした。ずいぶん逞《たくま》しくなったと言う。

ケニア赴任の前と身長体重は変わっていない。もともと日焼けしているから顔の色も変わらないはずだ。じゃあどこが逞しくなったかと聞けば、二人は口を揃《そろ》えて「顔つき」と言った。「凄味《すごみ》が出てきたで」と杉晴彦が笑った。「野性動物と走ったんちゃうの」などと言う。たしかにコウノトリとは何度も並走したけど。基本、ポレポレで一日を過ごしていたわけだから、苦労してきたわけじゃない。まあ、キリンやシマウマの肉は喰ったけど。

五月の連休になり上京した。でも実家に戻る暇はない。ＴＯＰの召集だ。

西東京にある武州体育大グラウンドだ。

ここには大学時代、記録会で何度も来た。

東京オリンピックまで二年と少し。強化選手のテコ入れのためだ。ＴＯＰの百名が揃ってフルマラソンを走り、三十名前後に絞られるという。

ケニアでの成果を試す絶好の機会だ。気合いが入る。

同時に、会いたい顔に会える。阿久さんだ。太郎も、いるかもしれない。

ところが。選手控え室や選手がアップをするグラウンドを見回しても、太郎はいなかった。今日会えると思っていたから、帰国しても連絡を入れなかった。

関係者に聞けば、今日は九十九人がエントリーしているという。太郎はＴＯＰからリタイアしたんだ。

阿久さんの姿も見当らない。

爽《さわ》やかな初夏のそよ風が吹いていて、じっとしている分には最高の日和《ひよ》りだ。だけどフルマラソンを走るとなると少し暑い。だからグラウンドに散っている選手たちは半パンランニング姿がほとんどだ。長袖《ながそで》シャツを着ているのがスタッフだろう。阿久さんがいればすぐに分かる。この程度の気候でもたいてい黒いジャージの上下を着ていて、黒いキャップからモジャモジャの髪がはみ出している。すらりとスマートなコーチ陣の中では異彩を放つから、いやでも目につくはずだ。

阿久さんはここに呼ばれていないのだろう。いろいろあったし、きっと微妙な立ち位置なんだ。ケニアにくれたメールに頻出した「オレはマラソン指導の名人や」とか「陸連はオレに一目置いている」とか、そんなのはハッタリだったのかもしれない。

せっかくロンスパ練習と猛暑の砂浜ランニングの成果を見せてやろうと思ったのに。

まさか阿久さんと太郎は競馬場にいるんじゃないだろうな。深緑を揺らす風の中でそんなことを考えた。

向こうの方で、手を挙げて微笑んでいる選手がいる。おれを見ているようだけど、向こうはサングラスをかけているからよく分からない。近づいてこないから気のせいだと思うことにした。

するると、別の角度から白いポロシャツを着た剃髪《ていはつ》の男が寄ってきた。

「どや、調子は」と右手を挙げている。

おれは目を疑った。男は笑っている。

阿久さんだ。

「帰ってきたか。いよいよやな」

阿久さんは言った。おれは阿久さんの眩《まぶ》しい頭を見つめた。

「ビジュアルが、がらっと変わりましたね」

もじゃもじゃ頭に口髭。黒っぽい服装。それが阿久さんだったのに。髪も髭もない。

「若返ったやろ。リフレッシュしたんや」

「ハゲたんですか」

「直球ど真ん中やな。自分で刈ったんや。さっぱりしてエエで」

「シャツも……。白を着る阿久さんなんて」

「ホンマは黒が好きなんやが。頭がさっぱりすると白を選ぶもんなんやな。気持ちも爽やかやで。不思議なもんや」

合点が言った。太郎が競馬場で会ったときには、もうこの風貌《ふうぼう》だったんだ。たしかに目の前の坊主頭はそれほど野口英世に似ていない。

「オレのことなんてどうでもエエ。それよりもやな」

阿久さんが顔を寄せてきた。

「今日のレース、おまえさんのこと、話しといたから」

「陸連に、ですか」

阿久さんがうなずく。

「ケニアで特訓してきた言うてな。で、や。いきなりロンスパせい。即スパや」

「スタートすぐにですか」

「いつも練習でやってることや。そうやな。二十キロ地点まで、五十七分で行こか」

「そのあとは」

「あとは流れや。そのままのペースで行ったら記録更新やし、ズルズル減速してもエエ。ただしリタイアだけはアカンで」

「でも、そんなんじゃ」

「物分かりの悪いやっちゃな。上位三十位までが強化選手になるんやぞ。おまえさんなら普通に走ってギリギリのセンや。せやから別枠狙いや。前半を五十七分で走る選手なんておらん。そこをアピールしておけば、トータルが五十位前後でも選抜に残れるで」

そういうことか。

最初の二十キロは問題ない。

ただし、その後が未知の世界だ。今日はコンディションは悪くないし、コースのアップダウンもないとはいえ……。

「エエか走水。ここはギャンブルや。ここで選抜に落ちたら元も子もない。手堅く行ったところで三十位に入る可能性は五分五分、いやシブロクや。前半で一発カマせば、少なくとも先行力はアピールできる。競馬で言う見せ場や。もし、そのまま粘り込んで三十位に入れば文句ナシや」

「目立っちゃまずいんじゃないですか」

「アホ！　トータルのタイムが平凡やったら、目立つことないやろ。前半のカマシは、この場にいたもんにしか分からん。即スパの迫力は、活字になったタイムだけじゃ分からんのや。陸連幹部にアピールできればエエんや。こいつは残しとこか。印、つけとこか。そう連中に思わせるような迫力や」

おれは力強くうなずいた。

阿久さんの「アホ！」も久しぶりに聞けたし、行く気満々になった。

コースはシンプルだ。トラックをスタートして外へ出る。大学の外壁に沿ったコースを走り、またトラックに戻って周回する。

こういうコース取りは初めてらしく、きちんと計測したというから気合いが入っている。

一般には非公表で記者は陸連番のみ。ただしコースが狭く、九十九人が一斉スタートを切れないから二分差で二十名ずつのスタートになる。

おれは5組スタートだ。都合がいい。ここからいきなりスパートしてもほとんど目立たないだろう。

阿久さんはなにも言わなかったが、たぶんタイムのいい選手は1組スタートなんだ。リオオリンピック代表の川村翔平も1組だ。

正午。レースが始まった。

「5組、スタート!」

単調なトラックの風景を頭から消し、ケニアの草原を思い浮べる。

いきなり顔の左側にコウノトリ! 行くぜ!

いつものように「昨日はどこにもありません」を唱える。トラックを一周して大学正門を出る。

5組の十八名は完全に振り切った。

たぶん、多くの連中は十キロを三十分で走ろうとしている。それで最後まできっちり走れれば、計算上は二時間七分でゴールできるから。入りの十キロを二十九分で走ろうとするヤツはいない。おれはそれをやる。

しかも迫力を見せつけるために、入りの五キロは「十キロ二十八分ペース」だ。そんなムチャな、と思うけど、おれはそれをケニアで繰り返してきた。

4組は約六六〇メートル先行している。それが五キロで四〇〇メートルくらい詰められる計算だ。

心地よいリズムの中、スポーツウオッチに目をやる。

入りの五キロを十四分十秒。予定どおりだ。

調子がいい。優越感がある。同じコースを走る連中にはたぶん目の前の風景しか見えていない。でもおれにはケニアの地平線が見える。ざまあみろ！

4組の走者との差はまだ約二百メートルあるはずなのに、もうすでに何人か抜き去っている。白いランニングが目の前にある。

どの地点が何キロか、通常のマラソン大会のように細かくは分からない。十キロ、二十キロ、三十キロ地点にプラカードを持った関係者が立つだけだ。

計算でいくと、二十キロ地点で四分の差が詰められるから、3組の連中を抜くことができる。

びゅんびゅん行った。

調子がいいとき、自然と「替え詩」が頭に浮かぶ。

「いいえ昨日はありません／今日を打つのは今日の時計／昨日の時計はありません／今日を打つのは今日の時計」

この部分が、

「いいえケニアじゃありません／今日走るのは武体大／ケニアの大地じゃありません／今日走るのは武体大」

こうなる。「ブッタイダイ」って歯切れがいい。「今日走るのはブッタイダイ」で足がぐいぐい出る。しかし頭に浮かぶのはケニアの地平線だ。

おれは胸の中で笑った。

こんなときに、自分の替え詩の出来栄えに満足してるのはおれくらいのもんだ。

阿久さんは、タイム的にギリギリの線だと言ったけど、圧倒的な自信がある。「腹筋チャレンジ・ケニア版」のおかげで体幹は盤石だし。灼熱《しゃくねつ》のラムで走ったことも大きい。しかし何度目かに走ったラムはひどかった。現地の人たちも姿を見せないくらいの猛暑で、湿度も高かった。風景まで暑さで揺れてまるで泣いているようだった。

あれに比べたら、今日は天国のようだ。

もちろん呼吸もラクだ。濃厚な酸素が身体に染み入る感じ。

日本は鳥まで奥床しい。小さく可愛い鳥が、はるか頭上からチュンチュンと声援を送ってくれる。しかしナイロビで初めてコウノトリに並走されたときには、心底びっくりした。

ストレスなく快調に素っ飛ばして五十分が過ぎた。

呼吸もかなり荒い。細かい計算はできないけど、3組の連中は全員抜き去っているはずだ。見える背中は二十番台のゼッケンだ。

二十キロ地点のプラカードが見えてきた。

ここからだ。ここから、気持ちと走りのギアをリフレッシュするんだ。

机上の計算じゃない。レースはいつも動いている。激しく流れている。

調子は？　自問する。

さすがに苦しくなっている。燃料計100のうち70は使った感じ。いや、80かな。でもここまでの好タイムのせいで気分はいい。気分はノーブレーキボーイだ。気分の良さが、分母の100を120にしてくれる。

大事なことは、態度をはっきりさせることだ。中途半端が一番いけない。

このまま、日本記録更新くらいの勢いで飛ばしていくのか。

ここまでのタイムで良しとして、エンジンブレーキをかけて落ち着かせるか。

絶対の縛りは二つ。一つは前半二十キロを突っ込むこと。これは大成功だ。1組と2組の情況は知らないけど、今のところはたぶんおれがタイムでは一位だろう。

もう一つは完走。完走して、上位四十位に入ること。

そんなのは間違いなく行ける。すでに気分はトップ集団だ。

ただし――。

「ポレポレ」と、ケニア人の友達たちが優しくおれに語りかける。

「タケ、ポレポレよ。今日はここまでで十分。よくがんばりましたよ」などと笑う。こういうとき、なぜか阿久さんの顔は出てこない。

二十キロを通過した。失速した2組の連中を何人か抜いた。5組スタートなのに、もう四十人以上抜いている。おれは強気になった。

決めた。

2組のトップ集団に着く。そこまでギアを変えない。2組のトップに着いて粘り込めば、たぶんトータル五位以内に入れる。

心が決まれば、あとは足を出すだけだ。

「昨日はどこにもありません」に別れを告げ、「グリーンサラダが食べたいな　綺麗なレストランで」のメロディ付きの歌詞に切り替えた。温子がよく口ずさむ唄《うた》だ。これをおれは「金のメダルが欲しいな　東京オリンピックの」と替える。

2組のトップ集団になかなか迫れないが、二十五キロを過ぎて、さらにすっと身体が軽くなった。

マラソンには必ずそういうときがある。もちろん逆にがくっと重くなるときも。

このときのイメージは――一時間近く大量に酸素を摂り込んだ。そのエネルギーが少し時間をずらして身体の中で爆発している――そんな感じだ。

今、この瞬間が、一番走れるんじゃないか？

ふと、おやじの不機嫌ヅラが浮かんで消えた。

この瞬間じゃないか？

この瞬間を逃しちゃいけないんじゃないか？

おやじは名人戦で五時間半も長考して、最後の一分で読み筋とは違う手を指した。

今のおれ、それに似てないか？

二十キロ走って、後半の戦略を決めた。心を定めた。

しかし今、身体がすごく素軽い。

読み筋とは違う手を指すべきじゃないか？

ぱしっと小気味いい駒音がした。

おれはスピードを上げた。

三十キロ地点の手前で、2組のトップに追いついた。その間、1組の脱落者を何人か抜いた。他人の気持ちなんて考える暇はないけど、1組2組のランナーは、5組のゼッケンの選手に抜かれたらキツいだろう。心がポキリと折れるよ。

素軽い、素軽い。足にエネルギーが満ちている。

阿久さん、おれ、ぶっちぎりでトップになっちゃうかも。

目立っちゃうかも。

ところが。阿久さんのぼんやりした二重目蓋《まぶた》が厳しくおれを睨んでいる。

「調子に乗ったらアカン」

そのイメージにシンクロするように、急に足が重くなった。

ずしっときた。

でも焦らない。

こういう起伏が必ずある。そのときの精神状態で勝負が決まる。だからマラソンは大人の競技なんだ。これも阿久さんの受け売りだけど。

2組の集団は五人。その尻について粘る。

感覚としては、あと五キロも走れば、きっとまた足が軽くなる。

三十五キロ。足はずっと重いまま。

ますます重くなってくる。

キツい。体幹はブレていないはずだが、足が重い。

2組の五人がばらけた。前を行く一人がスパートをかけたんだ。

五人のうち三人が着いていき、二人がとり残された。

おれは――その二人からさらに離れた。

目標の下方修正だ。

スパートには着いていけない。着いていかなくていい。六分差を詰めてきた貯金がある。

遅れた2組の二人から離れないように。

メチャクチャ苦しい。

呼吸もいっぱいいっぱい。もう唄のリズムもヘチマもない。

ここまでか、と思う。ここから粘れないのか。

そのうち、抜いた2組の連中に抜き返された。3組のランナーにも。4組にも抜かれた。

抜いたランナーに抜き返されると、さらに足が重くなる。

心を吊《つ》っている何本かの糸。それが二、三本切れた。

さっき1組の脱落者を抜き去ったときに思ったことが、自分に返ってきた。

あと少しなのに。

グラウンドに戻るときには身体も揺れていた。

ゴールして倒れ込んだ。

トラックの内側の芝でうずくまって息を整え、水をかぶって仰向けになった。

空の高いところにカラスが飛ぶ。羽根を伸ばす姿が「不」という文字に見え、それが笑うようにして遠ざかっていった。

19

「まあまあやろ。見せ場、作ったしな。不屈のガッツで行こか」

阿久さんがやけにさっぱりした顔で言った。それだけで背中を向けてしまった。

タイムと順位はすぐには出ない。朦朧《もうろう》としながらゴールに倒れ込み、スポーツウオッチを止めるのも忘れていた。これはダメだ。どんな状態でも、無意識に時計を止める。それがマラソンランナーだから。

しかしキツかった。

反省はあとでしっかりすることに決め、軽く流してクールダウンをした。

芝生で足を伸ばしていると、小柄な女性が近寄ってきた。

記者証を首にぶら下げ、片手にノートを持っている。

「走水さん、おつかれさまでした」と言う。記者だ。丸い顔に赤い縁のメガネをかけている。ぱっと見て、上州の焼き饅頭に似てる。

冷たい麦茶を飲みながら、焼きたての焼き饅頭をむさぼり喰いたくなった。冷たい牛乳でもいい。

「前半、すごかったですね」

阿久さんによれば、今日は陸連指定の記者しか来ていないはずだが。

とにかく、おれはすっとぼけることにした。

きちんとした今日のレビューも済んでいないし。

「あれ、作戦ですか」

「いや。マラソン経験があまりないから。終盤、バテました」

「途中まで、ダントツでしたよ。阿久さんの作戦ですね」

え？　なんで阿久さんのこと、知ってるんだ。

「そうなんですね。お顔、変わりましたよ」

控えめで感じの良さそうな記者だが、さぐりを入れてくる様子が気にいらない。ノック式のボールペンをカチカチさせるところも。

「阿久さんって、ロングスパートにこだわりがありますもんね。走水さん、一番弟子ですよね」

「青葉で少しお世話になったくらいです。で？　ええと？」

記者証を指差してやった。名前くらい言えってんだ。

「陸ジャの乾《いぬい》です。四年前の箱根のゴール、取材してたんですよ」

陸上ジャーナルという月刊誌だ。合点がいった。スポーツ紙の記者は来ていないんだ。

「阿久さんとは親しいんですか」

攻撃は最大の防御だと思い、逆質問してやった。いいえ、と乾記者が残念そうに首を横に振る。

「阿久さん、マスコミ嫌いで。なにを聞いてものらりくらりだし」

そうだろうなと思う。ただし競馬記者とだけは話が弾みそうだが。

じゃあなぜ、この記者はロングスパートのことを知っている。

「今日の3組にね。五味《ごみ》さんがいたんです。中河原《なかがわら》建設の五味大介《だいすけ》。親しいですよね」

また合点がいった。レース前に遠くから微笑みかけてきた男。あれは五味だったんだ。神戸マラソンのスタート前に話しかけてきた五味だ。あのとき、五味は二十キロ地点からロングスパートした。それを阿久さんから教わったと言っていた。

「橙大にいた五味ですね。四年前の神戸マラソンで一緒になったくらいかな」

「ロングスパートのこと、五味さんに聞いたんです。それで、阿久さんと師弟関係の走水さんもそうじゃないかって。でも最初からあんなに飛ばすなんて。すごい迫力でしたね」

「箱根の二十キロのように突っ込んだだけです」

「それも、阿久さんの指示ですか」

「今日、久しぶりに会ったんですよ」

ウソはつきたくないから、本当のことだけを適当に話すことにした。

「引っ繰り返せば、ロングスパートになる。そういうことですか」

「引っ繰り返す？」

「前半を通常ペースで刻んで、二十キロ地点からロングスパートするってことです」

「よく分かりません」

「走水さんなら、やれるんじゃないかな。レースを動かす、すごい武器になりますよ」

「いや、まだまだこれからです」

おれはすっと立ち上がって一礼し、走りだした。「また、お願いします！　がんばってください！」と後ろで声がする。

勘のいい記者だ。でも不思議だ。前半のおれの走りをただ見ただけでは、それがロングスパートのアピールだとは普通は考えない。つまり「阿久＝ロングスパート」ということを知っていたから、ピンときたんだ。

それは五味からの情報ではなく、たぶんあちこちで阿久さん本人が吹聴したからだろう。五味だって、阿久さんの甥《おい》の後輩で、たまたま阿久家に遊びに行ったときにロングスパート理論を聞いたというじゃないか。

阿久さん、脇が甘すぎないか？

20

夜、社員寮の部屋でココアを飲みながらカステラを喰っていたら、珍しく電話が鳴った。阿久さんからだ。

「決まったで。強化選手入りや。トップ30や」

いつもは眠そうな声が弾んでいる。

おれは右手の拳を突き出しながら、丁重に礼を言った。

「これからが大事や。おまえさんの立ち位置は、秘密兵器候補や。あくまで候補なんや」

返事をしたが、秘密兵器候補ってのはなんだか頼りない。秘密なのに、その候補とは。消えてなくなっても差し支えなさそうじゃないか。

「ちょっと話そか。明日、休みやろ。そっち行くから」

大阪に用事があるという。

予想どおり、待ち合わせは競馬場。今回は京都競馬場だ。

昼すぎに来いと言われたが、理由をつけて三時過ぎにしてもらった。早く会ったところで、どうせ競馬に夢中で話なんてできやしない。

おれが競馬場に入ると、ちょうど10レースが終わったところだった。ゴール板前に阿久さんはいた。ケニア人よりもはるかに時間に正確でありがたい。

黒いキャップに上下黒のシャツとズボン。グラウンドでのいでたちと違って真っ黒だ。

「おう走水。エエところへ来た。諭吉、ある?」

いきなりこれだ。返事するのもばかばかしいから、おれは黙って壱万円札を差し出した。

メーンの11レース、最終レースが終わって、電車を乗り継いで阿久さん常連の『大衆割《かっ》烹《ぽう》ホームラン』へ行った。競馬の首尾は聞かなかった。丸い背中としょぼくれた顔を見れば分かる。

店の奥の定位置に阿久さんが座る。おれもカウンターに肩を並べた。この店は注文せずに美味いものがどんどん出てくるからありがたい。

「さっそく、今後のことを、お願いします」

おれは強く言った。放《ほう》っておくと、店主と競馬談義を始めてしまう。

「まずは、強化選手に選ばれてめでたい。あと二年、ここからが勝負やぞ」

はい、とやはり強く返事をした。

「練習やが、引き続きいきなりロンスパや。ケニアに行ってスピードがついてきとるが、まだ伸びしろがある。入りの十キロが次の十キロより遅いんやな。エンジンのかかりがまだまだや」

「精一杯、突っ込んでるつもりなんですけど」

「もっとや。走っとる連中に、アホかって思われるくらいにギアをトップに入れなあかん」

そのとおりだ。おれは阿久さんのコップにビールを注いだ。

「秘密主義でいこか。とはいえ三十人に入ったんやから、もう完全ノーマーク言うわけにはいかん。そこでや。大会はハーフにせい。どんどん出たらエエ。常に優勝を目指すんや」

「ハーフ限定ですね」

「そや。いいタイムで優勝しても、たいして目立たん。生きたレースの中で、いきなりロンスパを研《みが》くんや」

大会に出たくてうずうずしていた。

おれはうなずいてから、レース後に寄ってきた乾記者のことを話した。しかし、予想とはちがってそれほど阿久さんは驚かない。

「疲れてたし、適当にあしらっときましたけど」

「そうか。まあ、陸ジャの記者やし、しゃあないやろ。月刊誌には記事の抜いた抜かれたは関係ないしな」

「五味がしゃべったんですよ。阿久さんとおれの関係を知っていて、ロングスパートに結びつけられるのは五味くらいでしょうから」

「いや」

阿久さんが珍しく素早く首を横に振った。毛がなくなって動きが軽いのか。

「オレや。オレがしゃべってもうた」

「そんなバカな！」

「ちらっと、やで」

おれは目をつぶって首を横に振った。

「ちらっとな。ウチの走水は、ロングスパートで行く、言うて」

ほとんど全貌《ぜんぼう》を明かしてるじゃないか！

「ダメじゃないですか。脇、甘くないですか？」

「陸ジャやからな。あそこは陸連の批判はせんし、まあまあ信頼できそうな記者やったしな」

おれは黙った。たぶん——安い飲み屋で接待でもされたんだろう。記者にしてみれば、他の有力選手の情報なんかを聞いている最中に、おれの話が出てきたんだ。瓢箪《ひょうたん》から駒だ。

乾記者はなかなか勘がいい。

そして、どんよりといやな気持ちになった。

だとしたら、レース後の乾記者の態度はおかしい。おれと阿久さんの関係を知っているはずなのに。

あの女、カマをかけやがったな。

ロングスパートを隠したい気持ち。それを見透かされてしまった。

おれは思いついた仮説を阿久さんにぶつけた。

「そやなぁ。おまえさんが、珍しく気を回すから、記者の勘に引っかかってもうたんやないかな。競馬で言えば、脚質とレース距離の関係に疑問を持たれたんや。こういう使い方には、きっとウラがある、言うてな。いつものように、なんも考えずにしゃべっとけば良かったんや。アホが利口を装うと、たいていはロクなことにならへん」

自分の脇の甘さを棚に上げて、ずいぶんとひどいことを言う。

「ま、エエわ。結局はオールジャパンやから。あのネエちゃんもオールジャパンの一員やろ。ああいうのを一人くらい味方にしとくのも悪うない」

阿久さんはビールを飲み干し、梅干し入り焼酎《しょうちゅう》を注文した。話は終わったという顔をしている。氷と一緒にグラスに沈む梅干しを見て、ツバが出てきた。

「で、話は変わるが」

「もう変わるんですか」

「あんまり変わらんかな。未発表情報なんやけどな。東京オリンピックで、駅伝が正式種目になる」

「え！」

　思わず大声が出た。今日は驚いてばかりだ。

　店主がこっちを見て微笑んでいる。

「マジですか！」

「マジや。オレがウソ言うたこと、ある？」

「駅伝がオリンピック種目ですか！」

「そうや。男女混合や。盛り上がるで。襷《たすき》のデザイン、みんなメチャ凝るやろな。アメリカさんは星条旗やろし、イギリスさんはユニオンジャックやな。日本は……色合がシンプルやから微妙やな。いや、ちゃうちゃう。みんな一緒や。世界共通のデザインのスペシャル襷をつなぐんや。国境もヘチマもあらへん。平和をイメージしてデザインした襷を、日本のデザイナーが作るんや。平和へのメッセージや」

「でも、遅くないですか。そういうのって、一つ前のオリンピックの時点で決まるって聞いてますけど」

「異例やけどな。駅伝は特別なんや。リオのときに、ほぼ決まっとったっちゅう噂もある。新種目言うても、長距離ランナーがそのまま走ればエエわけやから、特別な準備をせえへんでもエエ。箱根駅伝かて、昔は長距離選手がついでに走っとったくらいやからな。基本、お祭りムードの楽しい競技やし、各国とも代表枠が増えるし、反対する理由なんてないわな」

「じゃあ、なんで早く発表しなかったんですか」

「そのへんは、オレにも分からん。まあ大人の事情があったんやないかな」

「どこを、どう走るんですか」

「マラソンのコース、二周くらいするんちゃうかな。駅伝でまず盛り上げて、それからマラソンや。東京の気温、ますます上がるで」

「すごい展開ですね」

「陸連の勝負手や。マジで気合い入っとる。駅伝は日本のスポーツや。一九六四年の柔道と一緒や。コースとか警備とか、エラいたいへんやけど、そこは主催国の気合いや。オールジャパンの精神で乗り切るんやろな」

「陸連、ガッツ見せましたね」

おれは無性に嬉しくなって、瓶ビールを追加した。それなのになぜだか生ビールが出てきた。この際、どっちでもいい。

「少しは深読みせな。なんで駅伝が正式種目になったのか。日本陸連は、なんで苦労も多いのにゴリ押ししたんか。考えてみい」

「陸上で、ぜひともメダルが欲しいからですよね。種目が増えれば可能性も広がるから。駅伝は日本に一日の長があるだろうし」

「そや、勝算があるんやな。日本独特の新種目に、各国はまあ、それほど本腰を入れんわな。何区間でそれぞれ何キロになるか分からんけど、長距離のアスリートは、その場でベストを尽くせばエエくらいに気楽に考えるやろ。そこへいくと日本は気合い満々で臨むわけや。駅伝はチーム全体の気持ちの要素も大きいから、日本がメダルを獲れる可能性は高いわな。まあ、ケニアとかエチオピアが本気出したらエラいことやけどな。それはそれで、世界初の試みなんやから、エエこっちゃ」

「結構なことじゃないですか。深読みの余地なんてありません」

「思考を止めたらアカン。日本で駅伝が盛り上がれば、なにが起きる?」

「盛り上がります。オリンピックがますます盛り上がりますね」

「アホ。盛り盛りって、そば屋の追加注文やないんやからな。駅伝が種目になれば、代表選手に期待が集まるわな。男女五人ずつとして、代表が一気に十人増えるんやで」

「景気のいい話じゃないですか」

「駅伝は日本人好みの人気種目や。マラソンに匹敵するかもしれん。もしマラソンでメダルが獲れへんでも、駅伝で頑張れば、メンツが保てるっちゅうことや」

「そうなんですか」

「深読みやけどな。代表枠が増える言うんは、単純にいいことよ。たとえば、必ず繰り返されるマラソン代表選考のゴタゴタや。三人の枠に漏れた選手が駅伝に回ることもできるやろ。選手もファンも、納得しやすいシステムや」

「いろいろ、考えますね」

「おまえさんが考えな過ぎるんや。将棋指しの息子とは思えへんわ。話はここからや。駅伝の採用は、こっちにとっても大きなメリットなんや。ここまで言うたら分かるやろ」

「マラソンと駅伝の男子代表枠が三プラス五で八になるから、食い込みやすくなりますね」

「こっちの狙いは、あくまで男子マラソンの三名枠や。せやけど、強化選手入りについて、駅伝採用がおまえさんにとって追い風になった。マラソン代表はムリでも、駅伝で使えるかもしれんってことや。おまえさんは駅伝の実績もあるし、そっちのほうが有名やしな」

「駅伝が正式種目になることで、秘密兵器を隠し通せるわけですね」

「そや。頭、回るようなってきたな。具体的に言うと、こういうこっちゃ」

阿久さんは顔を寄せて声をひそめた。

「おまえさんが順調に力を伸ばして、マラソン代表に選ばれるほどになったとする。せやけど、とりあえず駅伝チームにエントリーしとくんや。これでノーマークになる。ほんでや。絶妙のタイミングで、入れ替わるんや。言うたら悪いけど、入れ替わるほうのマラソン代表はアテ馬やな」

「策謀ですね」

「当然や。国際的な戦いやからな。で、他国の選手はどう思う？」

「代表が調子を崩して、やむなく駅伝メンバーをスライドした。そう思うでしょうね」

「そうや。代わりに入ったのがおまえさんや。誰やそいつは、タイム見てみようか。なんや格オチやな、言うようなもんや。完全にノーマークや。そんな選手がロングスパートしたところで、誰がマークするねん」

おれはうなずき、ビールを飲み込んだ。

「ハーフの大会ばかり出とるおまえさんが、なんでマラソン代表に入るのか。多少は問題になるわな。いわばマスコミも騙《だま》すわけやが、駅伝の代表が五人もいるおかげで、風当たりはそれほど強くならん。むしろ、マラソン代表三人のうち入れ替わった一人は、明らかに格が落ちる、いう認識を広めてもらえればエエんや」

阿久さんの策謀話は相変わらず面白い。聞いていてワクワクしてくる。

ただ、いっそ駅伝代表になっても面白いと思う。まさにオールジャパンだ。オリンピックの駅伝はメチャクチャに盛り上がるだろう。

「オレな。青葉やめたあたりから、メチャャ勘が冴《さ》えてきてんねん。たいていオレの思った絵図どおりになっとる。長距離のことに関しては、自分でも天才的閃きがあるんやな。競馬はちっとも当たらんけどな」

「きっと、競馬のおかげじゃないですか」

「どういうこっちゃ。青葉やめたから、いうことか。風が吹けば桶屋《おけや》が儲《もう》かるみたいな理屈か」

「違います。偉そうなことを言いますけど。一所懸命に競馬に時間を使ってきたから、陸上のことで勘が冴えるんじゃないですか」

「おっ、めずらしくスルドいやないか。どないした。ケニアで開眼したか。それってアレか。脳のある領域が活性化するとか、そういうことか」

おやじの大長考のことを話そうと思ったが、やめておいた。話が理屈に落ちることが、この店のカウンターでは不粋に思えたから。

店名物の「いわしの梅干し煮」を口に入れて、おれはただただうなずいた。

21

大阪も梅雨入りした。

蒸し暑い雨の土曜日。午後、温子と会うことになった。毎度毎度ホームランというのも芸がないしビールにはまだ早いから、温子お気にいりのケーキショップに行った。窓際に席を取ると、雨の街並みが見える。駅に向かう人が雨の中を急ぐ。傘をささずに走る人もいる。

温子はタルトの盛り合わせを、おれはフルーツパフェを頼んだ。生クリームの甘さが身体に沁《し》みた。一口もらった洋梨《の》のタルトも美味《うま》かった。

帰国して温子と何度か酒を呑み、ケニアの話はし尽くした。温子はケニアに降る雨のことを何度も聞いた。強い雨。「雨の匂《にお》いは？」「雨の色は？」「ケニアの人って傘はどうしてんの？　日本と一緒？」などなど。温子は雨が好きなんだ。

「ケニアの雨、思い出しとるんやろ」

おれはうなずいた。

「ケニアに行ったら、腰の調子が良くなった言うとったやろ。日本に戻って二か月経《た》ったけど、どう？」

「いいね。あっちでは飽和炭酸風呂ができなかったから、こっちでは毎晩やってるし」

炭酸入浴剤を湯槽《ゆぶね》に飽和させて入浴すると、全身の血行が数十倍に良くなる。これが寮の風呂での楽しみだ。

「改めて、二年間、長かったね」

温子が唇を尖《とが》らせている。どこか不満気な口調だ。拗《す》ねているような。

「一年で帰れたはずなのに、滞在延長を受けたんやろ。わたしを放《ほう》っておいて」

そう言って笑う。いつ見てもいい笑顔だ。もちろん放っておいたわけじゃない。メールを頻繁に送り合っていたし。

「でも、ホンマにすごいやん。ケニアプロジェクト、大成功やないの」

ポレポレオイルの発売は九月に決まった。発売前調査の感触もいいようで、スーパーやドラッグストアからはすでに大量の発注をもらっている。

「試供品もらってね。油、全部ポレポレにしとるんよ。やっぱり、肌の調子、ええねん。どう？」

温子が頰《ほお》を突き出してきた。いつもどおり、艶《つや》やかで張りがある。

「効能には謳《うた》えへんけど、たぶんダイエット効果もあるんやないかな。身体にいい油って、適量で満足できるやん」

「じゃんじゃん使ってもらわないと、儲《もう》からないぜ」

「肌に塗ってもええ感じなんよ。すっと馴染《なじ》むんよね。そしたら消費量が増えるやんか」

ポレポレオイルのことを誉《ほ》められると、もう無条件に嬉《うれ》しい。

「食用油の革命、思うわ。みんな言うとるよ。冬のボーナス、エラいことになるって。ポレポレボーナスやな」

大笑いした。ポレポレと言うときの温子の唇の形が可愛《かわい》らしい。

「きっとビルがいくつも建つで。ポレポレビルや。タケルの手柄やね」

「おれは農園を行ったり来たりしてただけだ。宮・笹コンビの頑張りだよ。ガッツ見せたな」

「チームワークや。三人の関係性が、ポレポレオイルを生んだんや。又聞きやけど、あの二人、タケルのこと、すごい誉めとるんよ」

「使いパシリは全部引き受けたからね。って言うか、あの二人に不用意に出歩かれたら危ないじゃん。いかにも狙《ねら》われそうな顔してるしさ」

「マラソンの練習のことや。一人きりなのに、ブレずにきちんとやっとったんやろ。そういうタケルを見て、ますますやる気が出てきたんやて」

「おれが走るところなんて見てないはずだけどな」

「気配やろ。顔つきとか。あの二人も一種の天才なんやから、一緒にいれば分かるわ。ええこと言うとったらしいで。『マラソンのことは分からないけど、走水が最上の努力をしていることは分かった。同じ青葉社員として、いや同じ人間として誇らしい。自分にもきっと大きなことができる、そう思わせてくれた』って。ちょっと誉めすぎやけどね」

温子の大きな瞳《ひとみ》を見ながら、強烈な既視感を覚えた。そして胸が震えた。今の話、どこかで耳にしている。似たような話を、誰かに聞かされている。すごいヤツは分野に関係なく見る人の心を揺さぶる、って話だ。おれがその当事者になっていたとしたら、たしかにちょっと誉めすぎかもしれない。

「だとしたら、杉のおかげだ。あいつがおれをケニアに飛ばしたんだから」

え？　という顔をする。おれも「え？」だ。

温子はなにも知らない。たぶん、笹崎の勘繰りだったのだろう。

「それって、マラソンの練習のためやないの」

「やっぱり、あっちゃんはいい方にとらえるな。追いやったっていうんだ。あっちゃんをモノにするために」

温子が口を開けて笑った。

「ライバルを飛ばしたってこと？　ちゃうよ。だって金メダルのプレゼントのこと、杉君に話しちゃったもん」

話しちゃったんだ。苦笑するしかない。

オリンピックで金メダルを獲《と》るから、ゴールで待っていてくれないか。おれはそう打ち明けた。温子は「ええよ」と答えてくれた。「金メダルみたいな、ベタベタなプレゼント、大好きやねん。ベタって王道ってことやろ」と微笑《ほほえ》んだのだ。

「逆やん。タケルをケニアに行かせたら、金メダルに近づいてまうやん。誰がそんなこと言ったん？」

天才研究員の荒唐無稽《こうとうむけい》な仮説を話した。温子は鼻で笑った。

「そういう話、男の人って好きなんよね。人事の裏側や。それを、真に受けたわけやないんよね」

「おれも鼻で笑ってやったよ。あの二人は仕事が終わると暇なんだ。会社が恋しいから、人事の話をするんだろ」

「そうかも。タケルのことを話題にしとるけど、結局は自分のことを言ってるのよ」

「宮倉さんも笹崎さんも、あんまり自分のことを話さないけど」

「ちゃうねん。ケニア赴任は、研究員やから光栄なことかもしれへんけど、やっぱり本社を離れることがイヤやねん。それがサラリーマンや」

「飛ばされた、ってことでか」

「イメージ的にね。どうしてもそう思っちゃうんやろな。せやから、その人事に、なんやもっともらしい理由を付けたくなるんや。オレは陥れられた、って」

ライバルに陥れられるくらい、自分は力のある男。そう思いたいのか。

おれはさらにさらに温子を見直した。たぶんそのとおりなのだろう。だから宮倉と笹崎はおれのことを応援した。あれは自分のことを鼓舞していたんだ。

「そういうこと、タケルは全然考えんやろ」

即座にうなずくと、温子がまた鼻で笑った。

「さっぱりしとってええけどね。オール・オア・ナッシングはあかんよ。人の気持ち、少しは考えな」

「はい、分かりました」

「わたしの気持ちもね」

温子がおれを見つめている。

「あの約束。あれ、ちょっと後悔しとるんよ」

金メダルの約束だ。不意に杉晴彦の顔が頭に出てきた。おれを見下して豪快笑いをしている。

「金メダルの目標、変わらないんやろ」

おれは力強くうなずいた。

「銀やったら、どうすんの。銅やったら？」

「そういうことは、考えないことにしてる」

「銀でも銅でも、すごいやん。でも約束の色とはちゃう。そのとき、タケルはどうすんの？」

約束。

おれは雨の風景を見た。金でなければ温子を諦《あきら》める――そんなことはありえない。だけど……。おれは笑顔で温子を見つめた。

「いつか、本気度ってことを言ってたろ。金メダルは世界最高の本気度だ。あっちゃんなら……世界最高じゃなけりゃ」

「最高の本気度でベストを尽くしても、相手もいることやし……。目標、修正してもええんちゃう？」

苦笑して首を横に振った。

三年前に言ったことと違う。温子はこう言ったんだ。

女はゴールで待っている。ゴールにはデッドヒートで飛び込んできてほしいのって。

おれはその時、卵子を目指す精子の群れを思い浮かべてしまった。そして、温子の言ったことは案外普遍的なことなんじゃないかとも。

ぶっちぎりの独走じゃなく、激しいデッドヒートの末にゴールに飛び込んで欲しい。それが女心だと。

「目標の修正って、下方修正だね」

「冷静な見極めや。……ふと思うときがあるねん。金メダルって、わたしを避けるための方便やないかって。わたし言うか、結婚やね。結婚に対して、温度差があるから。男と女には」

生々しい言葉にどきりとした。温子の長い睫《まつげ》が揺れている。冗談を言う顔じゃない。

おれは素早く大笑いをした。

「あっちゃんがそんなことを言うか。そんなネガティブさ、一生無縁だろう」

「分かってへんね。どっちが大事かいうことやん。メダルと、わたしと」

こういう理屈を言う女はいる。でも温子から言われるとは思わなかった。

「突き詰めて頑張ってること、よう分かるよ。タケルの一所懸命さ、すごい思うねん。もう、それだけでもええやん。同じように、こっちにも一所懸命になって欲しいわけや」

「今日は、突っ込んでくるな。スタート直後からのスパートみたいだ」

「映画でね。そんなシーンが出てきたんや。主人公が恋人に言葉をぶつけるの。自分では優しく振る舞っているつもりでも、結局はあなたの勝手次第でしょ、って。女はいつまでも待っている、どこまでもついてきてくれると思い込んでる、って」

温子の大きな瞳。タケルもそうやろ、って目だ。

「女か夢か。いや、女も夢も。そういうのって、男にとって、永遠のテーマなのかもな。女にとっても」

そうやろ。温子の声がか細くなった。

「そんな歳《とし》になったんだって思うよ。今までは、夢に向かって一所懸命にやりさえすればよかった。ある程度の歳になると、人生の設計が現われてくる」

「バランス言うか、配慮が大事や思うねん。高校の友達に、バンドやっとる子がおるんやけど、バイトしとる。恋人もおるんやけどね。いくら純粋に頑張ってても、女はちょっと考えてまうよ」

「リアリストだからな、女は」

「リアルやなさ過ぎるのよ、男が。考えが甘いんよ。さっきも言ったけど。なにがあっても、女は待っていてくれる、思うてるんや」

「甘いよな」

「なんか、それって、日本独特かも。タケルの好きな『坊っちゃん』。主人公は痛快でええけど、社会人としてはやっぱり甘いねん。今読むと、主人公は学生っぽく見えるわ」

相づちを打った。

「違うな、思うんは、女性の描き方やねん。主人公も山嵐も、マドンナを非難するやろ。でも女が嫁ぐいうことは、一筋縄じゃいかへんこともいっぱいあるんやから」

なんだか、おれが非難されているような気がしてきた。

「それと対比して、清《きよ》がおるやろ。なにがあっても坊っちゃんの味方や。あれって、オカンのことやん。甘えやん。決して心変わりしいひん女やん。女は、心変わりするんや。それが当たり前で、悪いことでもなんでもないんや。『坊っちゃん』が愛されて読み継がれることで、男の甘さを許してきたんやないかな」

「ごめん」

「なんでタケルが謝んの」

「唯一の愛読書だし」

「わたしの言ったこと、当たっとるやろ」

おれはうなずいた。きっと当たっている。

「分かれば、ええねん。そういった視点で、読み返してみたら」

温子が笑った。

「ほんでな。目標の修正って言うたけど、修正って下方修正だけやないやろ」

「上方修正もあるね」

「営業で言えば、それは実績目標やろ。実績やなくて時期や。納品の時期や」

時期を早める――。

「いつまで、ゴールでわたしが待ってるって思っとるの。同じ髪型で。決して心変わりしいひん思うとるの」

おれは自分の身勝手さを思い、口を閉じた。今の温子の言葉すべてが胸に沁みる。

走ってさえいれば、なにもかもが正当化される。そういう気持ちがおれにはある。宮・笹からの褒め言葉で有頂天になった自分を恥じた。

「タケルって、ほんまに分かりやすいわ。見るからに困っとる。落ち込んどる。世界で戦うんなら、ポーカーフェイスで行かな」

温子がタルトの皿をすっと差し出す。ブルーベリーのタルトをつまんで口に入れる。酸っぱく、甘い。

おれはようやく口を開いた。

「八月半ば、東京で極秘のレースがあるんだ。おれの場合、いろんなことがそこで決まる。その翌日、すぐに戻ってくるから、会ってくれないか」

「二か月ちょっとか。東京オリンピックに比べれば、かなり短縮したわけやね」

「おれの全力を、そこで出すから。それまで待ってくれないか」

「ええよ」

細い手が伸びてくる。温子は半分しか食べてないおれのパフェを引き寄せ、スプーンですくった生クリームをぺろりと舐めた。

22

午後、神戸に出かけようと営業車に乗った。

すると、「走水主任！」と声がして、車の天井に頭をぶつけそうになった。

四月末、おれは「主任」に昇進したんだ。二年間のケニア営業の功績人事らしい。

正直、それほど嬉しいことじゃない。上司は依然として大橋のオッサンだし、やることは変わらないけど、給料が少しだけ上がった。ちなみに、ポレポレオイルの最大の功労者、宮・笹コンビはそれぞれ課長、係長に昇進した。こちらは本当にめでたい。

笹崎から「三人だけで昇進祝いをしよう」とメールが来た。社内的にはライバルも多いから、あからさまに喜べないんだ。「ただし雨嶋さんは例外。彼女が来るなら店の選定も考え直すよ」という追伸には笑ってしまった。

おれを主任と呼んだのは杉晴彦。笑顔で助手席に滑り込んできた。途中まで乗せていけと言う。

ムスクのいい香りがする。上下紺のスーツ、ラクダ色の革靴とブリーフケースでびしっと決めている。ひきかえ、こっちは綿のズボンに三着二千円のカッターシャツだ。

杉晴彦も役職は主任だが、身形《みなり》に相当な差がある。

「メシ、喰《く》うた？」

「これから。神戸で喰う。行くか」

「ほな、行こか。豪勢なサラダバーのレストランやな」

　いつものように杉晴彦はにこにことご機嫌だ。ケニアの土産話は済んでいる。

「ほんでな走水。この前、あっちゃんに聞いたんやけどな。走水をケニアに飛ばしたんはオレやいう噂《うわさ》。気にしてる言うから、話しといたれ思うてな」

「気にしてない。あっちゃんも案外人の話を聞いてないな」

「その噂、どう思うた」

「どうって、まあ、杉ならやるかもなって」

　一緒に笑った。

「実は、ホンマやったんや」

　杉晴彦が笑いを収める。

「オレ、あっちゃんに迫るために、おまえを赤道直下に飛ばしたんや。飛ばした言うか、人事に熱烈に推薦したった。そしたらホンマにそうなった」

「そうか。でも感謝するよ。ケニア、良かったもん」

「ケニアで死んでもらおう思うた。ナイロビで襲われるか、サファリでライオンにでも喰われるか。ここ、笑いどころやで」

二人で笑った。

「ポレポレオイル、大成功やろ。礼を言うわ。走水の評価が高いから、オレも鼻が高いねん。大ビンゴやった。ウチ、儲かるで」

「相変わらず、社長みたいだな」

「業績面ではビンゴやった。しかし、あっちゃん的にはアホやった。こういうのを、策士策に溺《おぼ》れる、言うんやな」

「弱気じゃないか。おれがいない間に、フラれたのかよ」

「ちゃうけど、まあ、結果的にそういうことやろ。二人で会っても、走水のことしか話さへん。ナイロビで、くしゃみが止まらんときがあったんやないか。そんとき、オレとあっちゃんはデートしとったんやな」

また笑った。杉晴彦といるとたいてい笑い顔になってしまう。

「完全に負けやろ。さすがのオレもまいったわ」

「おれの、なにを話してたんだ」

「しょうもないことや。スーパーの推奨販売で風船タダで配って大橋のオッサンに怒られたとか。金がないとき、チャーハンをおかずに大盛りライスを喰ったとか。タケルには迷いがない、言うてたな。ランチで定食が二つあれば両方頼むって。三種類のときにはちょっと考えて一つを切るって。ただの大食いのアホや」

「しょうもない話題だ。せっかく二人でいるのに」

「ホンマや。アホなくせに案外スマートやとか。研修の昼メシ、十三《じゅうそう》でねぎ焼き喰うたんやろ。そのときに走水はねぎ焼きを二枚喰うたて。歯に青海苔《あおのり》つけてバカ笑いしとったて。ほんでおごってもらったて。女に財布を出させないのがルールやて。女って、そういう細かいとこ、よう覚えとるんやな」

「あのねぎ焼き、美味かった。入社したてのフレッシュな気持ちを思い出すよ。あれには絶対にビールだ。今度、行こう」

「ほな三人で行こうか。ただしワリカンやで。あとは、走水はクビになった阿久さんの話ばかりする言うとったよ」

「そうかな」

「走水、阿久さんのこと、好きやろ」

「まあ、な」

「人間いうんもんは、好きなことをしゃべるもんや。ほな聞くけどな。走水とあっちゃんが会《お》うたとき、オレの話題になるか？」

なる。あっちゃんは杉晴彦のことをよく話す。三人仲が良くて、そのうちの二人が会えば、もう一人が話題にのぼる。優一と太郎とおれの関係もそうだった。

でも——。おれはハンドルを握りながら首を横に振った。

「話の内容なんて、覚えてないよ」

「そやろ。覚えてへんのや。つまりや。あっちゃんの頭に、オレはおらんのや。そういうこっちゃ」

「ずいぶん弱気だな」

「むしろ強気や。夏前に敗北宣言しといたれ、思うてな。勇気ある撤退や。オレも忙しいから。オレ、モテるし。あっちゃんはエエ女やけどな。こればっかりは、しゃあない」

わははと杉晴彦が顔を上げて笑う。

「ぐずぐずするの、イヤやん。東京オリンピックまでもう二年やろ。びしっと応援するわ。ほんでや、まあ走水はオレほどモテへん思うんやけど、そのへん、ちゃんとせなアカンよ」

「なんだ、そのへんってのは」

「せやから、女関係や。あっちゃんが惚《ほ》れるくらいやから、走水も意外にモテるんやないんか。フラフラしたらあかん。全力疾走でいかな」

あたりまえのことだから、返事をしなかった。

しかし、それこそ杉晴彦の態度が意外だ。さっぱりとしているようで、今日は妙に湿っぽい。

「あっちゃんはな。ああ見えてな、結構ツラい青春時代を送ってる感じなんやな。オトンとオカン、早《はよ》うに亡くしとるし。そのこと、あんまり話さへんけど。屈託を振り切って、あんなに溌剌《はつらつ》としとるんや。走水、そういうこと、感じへんのやろ」

今度はうなずいた。

まさにそういうことを、温子から聞いたことがある。杉晴彦はツラい経験があったから、あんなに明るくエネルギッシュなのだ、と。

「そういうアホなところがエエのかもしれへん。とにかく走水は決してあっちゃんを裏切らん。そういう期待に応《こた》えなアカンで」

「分かってるよ」

「よっしゃ。ほな、このへんで降ろして。もう話すことは話した。昼メシ、一人で喰ってや。オレも暇やないんやから」

減速して車を停めた。杉晴彦が右手を挙げて車から降りた。

ムスクの残り香の中、おれはしばらく紺スーツの後ろ姿を見送った。手を振ったつもりなのか、ただ肩を挙げただけなのか、杉晴彦の右手がふわりと空を向いた。

23

極秘レースの会場は埼玉の熊谷《くまがや》だ。暑さが名物だという。

群馬の実家からすぐだから、前の晩から実家に泊まった。おやじは対局で関西に行っている。午前中に新幹線に乗ったというから、関ケ原あたりですれ違ったのかもしれない。大事な勝負の前に、辛気臭い顔を見なくて済んでラッキーだ。

夕方、風呂にゆっくりと入ってから（今日は炭酸入りじゃない普通の風呂だ）、母さんの手料理を待っていると、弟の将が部屋に入ってきた。ノートパソコンを抱えている。

「すごいことになってるんだよ。再生回数が十万回を超えたんだ」

なにかと思ったら、やっぱりおやじのことだった。おやじのテレビ出演が話題になっているという。

「また迷解説が飛び出したのか」

「ちがうんだ。将棋じゃないんだよ。バラエティ番組に出たときのトークだ」

「放送事故でも起こしたか」

「ある意味、そうかも。とりあえず観《み》てよ」

将がパソコンを差し出し、動画を再生した。

背広姿のおやじが出てきた。笑顔を浮かべたよそ行きの顔だ。画面の下に、「走水龍治八段の嫌いな食物とは？」とテロップがある。

おやじが、若い女性アナウンサーの質問を受けてしゃべる。いつもの断言調が薄れて、丁寧語だ。

タコを丸ごと買ってきてブツ切りにして食べたとき、妙な味がしましてね。咀嚼《そしやく》して酒を呑むと、さらにイヤな味が口に広がった。腐ってるわけじゃない。添加物のせいでしょう。ソルビン酸などの保存料です。酒で口を洗うと、違和感が浮き立ってきました。日本酒、白ワイン、ビール。シャンパンでも試してみましたが、すべての酒の風味が台無しになりました。

にんにくのすり下ろしをそのまま食べたとき、喉《のど》が焼けるようになりました。しかしこの場合、ビールを流し込んでことなきを得ました。

料理は家人に任せていますが、おからだけはわたしが作ります。あれは塩梅が難しく、味を濃くしてしまうと、いくら具材を増やしても元に戻りません。その日は失敗作で、しょっぱいおからのせいで、酒を二升呑みました。

こんな感じで、延々とおやじの話が続いた。

ピントがずれている。おやじが話しているのは食の失敗談だ。タコもにんにくもおからも大好きなんだ。でもおやじの淡々とした迫力に、女子アナは口を挟めず、じっとマイクを向けている。特に面白い動画じゃない。

それを将に言うと、

「本格ミステリーばりのどんでん返しがあるんだ。最後まで観てよ」

と制され、黙って続きを観た。

おやじはさらに食の失敗談を三つほど加えて、最後にこう言った。

……そういったことを踏まえると、嫌いな食物は、ありません。

女子アナが大げさにずっこけた。

演技ではなく、本当に椅子《いす》からずり落ちてしまった。雛壇には国民的人気の着ぐるみゆるキャラもいて、飛び上がって驚き、着地して床にひれふしてしまった。他のお笑い系のタレントも大笑いしている。胸の前で手を叩《たた》くような作り笑いではなく、心から爆笑している。

数多くの人気タレントを、おやじは完全に喰ってしまった！

延々と嫌いな食物を模索するような話をしていて、最後の最後で「ありません」と断言する。そりゃずっこけるよ。

おれも笑った。呆《あき》れ笑いだ。なんだそりゃって感じだ。

将も笑っている。その顔が得意気だ。

「おやじ、バカじゃねえのか」

「バカじゃない。天才なんだよ。嫌いな食物ってお題をもらって、真剣に考えた。頭に浮かぶそばから話した。でも口に出してみると、嫌いというほどでもない。だからもっと読みを入れた。インタビュアーの期待に応えようとしたんだ。だけど結局、嫌いと断じるものはなかった。そういうことなのさ」

「話の見通しを、立てないのか」

「天才は、そんなものは立てないよ」

「これが再生十万回か」

「ケレンがないんだよ。最初からどんでん返しを狙《ねら》ってるわけじゃないから、ラストの衝撃がすごいんじゃないかな」

たしかに、おやじはウケを狙ったわけじゃない。一瞬一瞬、真剣に言葉を発しただけだ。

「動画のタイトルもうまいんだ。『天才・走水龍治八段の、決して予測できない驚愕《きょうがく》のどんでん返し』だってさ。大逆転の対局かと思って、将棋好きが勘違いして観ちゃうんじゃないかな。こういうことがあると、またバラエティ番組に呼ばれるかもね。走水八段、思わぬところでブレイクするかも」

将がノートパソコンを閉じて出ていった。

面白い。名人戦での記録的長考に似ている。五時間半考えて、最後の一分でまったく読み筋ではない違う手を指したというヤツ。このインタビューも、最初から「嫌いなものは、ありません」と言ったら面白くもなんともない。延々と真剣にしゃべったことが、十万回再生につながったんだ。

なんか面白いぜ。おやじ、面白いよ。

今日は最高に気分がいい。大事なレースの前夜、おやじの数少ないいいところに触れさせてもらった。しかも当のおやじの顔を見ないで。

ツイている。

「タケル、ご飯よ！」

母さんの声があがってきた。

24

午前中に気温が三十六度まで上がった。ひどく暑い。

日差しも容赦ない。空気の層が厚い感じで、歩くだけで顔に熱気がぶつかってくる。この中を二時間以上走れと言うんだから、真夏のマラソンってのは普通じゃない。

猛暑の熊谷スポーツ文化公園に立った。地元では「スポ文」と呼ばれていて、くまがやドームやラグビー競技場、もちろん陸上競技場もある広大な公園だ。

強化選手三十人で走る特別マラソンだ。

八月半ば。東京オリンピックをほぼ二年後に控え、暑さに定評のある埼玉の熊谷に代表候補が一同に集まった。

スタートは午後二時。気温は三十八度八分。湿度七十四パーセント。

わざと一番暑い時を選んで走る。それでも、陸連の関係者は「もうちょっと行くと思った」などと残念がっているから冗談じゃない。ちなみに数日前、熊谷の日中の気温が四十一・二度を記録、暑さ日本一に返り咲いたという。喜んでいいのかどうか。

選考レースは従来どおりの直前の大会ではあるが、従来どおりでいいわけがない。東京オリンピックはオールジャパンでメダルを獲りにいく。本番と同じような酷暑下でどのくらい走れるか。タイムには表われないランナーの特性。それを見極めるレースだ。いわば「東京オリンピック適性」だ。

お盆明けの週末、運動公園は立ち入り禁止の貸し切り状態となった。日本陸上界初の試みのシークレットレースだ。マスコミ完全シャットアウト、陸上ジャーナルの記者もいない。

おれたち三十人は今日と明日の二日間拘束される。もし今日が雨ならレースを明日に持ち越すためだ。幸いと言うか不幸にもと言うか、雨が降る気配は微塵《みじん》もない。

レースの前後に身体検査を行なう。採血していろいろな数値を見る。念が入っている。

本番まで二年ある。三十人をさらに篩《ふるい》にかけるような意図はないようだが、気を抜く選手は一人もいない。選ばれた三十名の順位が初めて付く。陸連の気合いが選手全員に行き渡っている。

選抜レースでもないのに、なぜシークレットなのか。阿久さんによると、「ムリ筋のレースやからや」と言う。

「日本一暑い日に日本一暑い場所でマラソンをやるんや。しかも日中一番暑い時間にやで。身体にエエわけがない。完走でけへん者も出てくる。批判もいろいろ出るやろ。だがこのくらいやらな、メダルなんて獲れへん」

二〇二〇年夏の東京オリンピックはどうなんだと思う。きっと同じかそれ以上に暑いぞ。「今日はシークレットやから、秘密兵器を出したれ。思い切って行け。これは、おまえさんのためのレースや」

そのとおりだ。しかも熊谷は高校三年の駅伝関東大会で走った場所だ。

そそくさと身体検査を終え、スポーツサングラスをして熱風の中で軽くアップをした。白のランニングシャツを支給された。知った顔はいるけど、話をするほど親しくはない。誰も話をしない。全員がキャップをかぶりサングラスをかけている。

広大な公園内にジョギングコースが二つもあって、それを合わせたコースを六周し、メーンスタジアムへ入り、ラストはトラック勝負。単調なコースだが、給水所の関係でこうなったんだろう。スタッフやコーチが選手の三倍はいる。医者も数名待機している。観衆はいない。異様で不思議な光景だ。

渡されたゼッケンナンバーは「30」。

暑いと人は無口になるものらしい。選手は気合いを内包してるから当然としても、コーチやスタッフもあまりしゃべらない。ケニアでの鼻歌のような会話が懐かしい。

阿久さんの姿は見えるが、こっちに寄ってこない。もう話すことなんてないんだ。強化部長からの注意点もない。檄《げき》もない。

まだ先の話だが、この中から東京オリンピックの代表が三名選ばれるんだ。

おれは空を見上げた。しかしあまりの能天気な夏の日差しに目を落とした。自分の影がぽつねんと見える。

一応、レース戦略は授かっている。着替える前に阿久さんが二十秒くらいで言った。

「二十キロ地点まで好位につけて、そこからスパートや。ザッツオール。この暑さや。二時間十五分台くらいになるんちゃうかな。いや、もっと遅いか。ラクに行け。ただし、くれぐれも暑さに注意せい」

なにが暑さに注意せいだ。どこをどう注意すればいいのか。

ただ、阿久さんのアドバイスはいつもながらシンプルでありがたい。

〝好位〟っていうのが大雑把でいい。誰をマークしろとか、誰が飛び出しても着いていくなとか、そういうみみっちい指示がない。そういう指示をする指導者は多いらしいが、レースは生きものだから、結局はその瞬間その瞬間で対応するしかないんだ。頭で考えて実行できるのは、スタート直後の位置取りくらいのもんだ。阿久さんの場合はそれすらも「好位につけろ」だ。

実際、おれはここにいるトップランナーのことをあまり知らない。リオで健闘した川村くらいは知っているが。箱根駅伝を戦った連中もいるようだけど、あいさつも交わさない。

ちなみに五味はＴＯＰ30には入れなかったようだ。

選《え》りすぐりの三十人は、一様に白いユニフォームで白いキャップをかぶり、スポーツサングラスをしている。

パンツは各人の自由だけど、なぜか判で押したようにみなが白いボトムだ。スタイルが揃い過ぎていて、高校時代の体育の時間を思い出してしまった。おれもその中の一人だけど。ただしシューズだけはカラフルだ。おれの足元は薄いブルー。夏の空の色と一緒だ。

しかし、真冬の箱根駅伝とは真逆の情況だ。暑いのと寒いのと、おれはどっちが得意なのかと思う。

暑いほうだよな。暑いほうが腰の具合はいいし、ただでさえ空っぽの頭が余計に軽くなるし。ラムの猛暑を思い出す。猛暑だけど景色が美しかった。過ぎてしまえば楽しい思い出だ。ラムでのランニングがいいのは、帰りの飛行機だ。走り終えた海岸線を見下ろしながらナイロビに帰ったんだ。

また、あそこに行きたい。

しかし今は熊谷だ。熊谷の日差しも厳しい。

一つだけ、おれなりの戦略を用意している。

なにを考えて走るか。

二十キロ地点までは「昨日はどこにもありません」のリズムで行く。ひたすらこれだ。

スパート後は「グリーンサラダ」だ。

単調な周回コースだから、ランニングイメージも用意してある。ラムの砂浜だ。砂浜だと足が重くなるから、足元だけはナイロビ市街のイメージに差し替える。想像だから、やりたい放題だ。

マラソンって、本当に楽しいよな。マラソンは大人のスポーツだと言うけど、コース経験や見てきた風景が蓄積されるところがいいのかもしれない。

今日は暑過ぎるけど。

午後二時。レースが始まった。

25

スタートは笛の音。カラフルなシューズが一斉に動きだした。「よっしゃ！」などと叫ぶヤツもいる。流儀は人それぞれだ。

総勢三十人だと走りやすい。ちょうどいい。スタートにストレスがない。

ストレスがないのはスタートだけだ。いきなり風が熱い。

おれは自然と中団に着いた。中団の後ろ。前に二十人弱か。

「昨日はどこにもありません」のリズムで足を出す。

マラソンでは、最初の五キロの間で必ずやらなければいけないことがある。調子の見極めだ。

身体が軽いかどうか。古傷やケガの具合はどうか。スタートした直後、ランナーは足を出しながら自分の身体の反応に慎重に耳を傾ける。最終的な調子の見極めをするんだ。

おれの場合は全然違う。慎重さゼロ。「即スパ」の練習ばかりをしてきたから、調子の良し悪しなんて関係ない。体調がイマイチでも、とにかく突っ込んで行き、二十キロを走り切った。ナイロビで一度だけ――たぶん水に当たったんだろうけど――腹の調子が悪い朝にあえて走ってみたけど、走っているうちに治ってしまい、タイムも悪くなかった。だから本番でもスタートの不安がない。今日は「即スパ」なしだからずいぶんラクだ。ウォームアップ感覚で行ける。「即スパ」には、こういう精神的な効果もある。阿久さん、さすがは名人だと誉めておこう。

ただ、暑い。

ひどい暑さだ。

草の青臭い香りが熱風に混じる。ナイロビの街に比べれば、匂《にお》いとは言えないくらいの微かなものだ。だけど空気が濃い。

太平洋高気圧は陸連の期待に見事に応えた。「暑」って字、「者」の頭に「日」がある。まさに今のおれたちだ。

たぶん、ラムのほうが暑かった。あの感じは湿度百パーセントだ。だけどさっきも感じたように、記憶は風景だけを美化する。あの暑さを、忘れてしまう。

「今日の暑さは今日のもの／ラムの暑さじゃありません」だ。

一緒に走る連中も、やけに暑いって思ってるんだろうな。

いや。決めた。あと二時間ちょっとは「暑い」と思わないと。

「昨日はどこにもありません」のリズムで足を出す。

「いいえ暑くはありません／何が暑いものでしょう／暑さはどこにもありません／何が暑

いものですか」

こりゃいい。でも暑い暑いと唱えるのもかえって暑苦しいから、すぐにやめてしまった。そうこうしているうちにトラックを出た。

前を行く長髪のランナーからムスクの匂いが流れてきて杉晴彦を思い出した。杉晴彦も太陽のような男だから、今は鬱陶《うっとう》しい。

位置を微妙に左にずらし、帽子から髪が出ていない短髪ランナーの後ろに着けた。入りの五キロは……十六分三十三秒。予想どおりのスローペースだ。

給水ブースがやたらと多い。でもまだ誰も水を摂《と》らない。このへんは意地がある。コースには緑が多く、広々として走りやすい。ただ、真上からの日差しがドーム競技場に当たって反射する。サングラス越しなのに眩《まぶ》しい。

十キロ地点。三十四分ちょっと。

スローペースだから誰も脱落しない。

おれは変わらず中位にいる。前を行くのは二十人くらい。おれの後ろに十人くらい。ただし後ろの様子は分からない。ひどいコンディションだけど、この距離でまだ棄権はいないだろう。

選りすぐりの三十人なんだ。みんな、ここから調子が上がってくる。

「暑い！」と誰かが短くうめいた。「暑いね！」と誰かが短く応える。「みんな死ぬなよ!」と声が続き、ふっとレースの殺気が消えた。一体感がある。オールジャパンか、と思う。

五月のシークレットレースで九十九人いたTOPが三十人に絞られた。その後、二度合同練習があったが、おれはどちらにも参加しなかった。

阿久さんが「焦らんでエエ。わざわざ大阪から出てくることもないで」と言った。そうだよな、とおれも思う。東京オリンピックまで二年しかないとみなが言う。おれは「まだ二年もある」と思ってしまう。「八月でほぼ評価が決まる。陸連も明言しとらんが、まあ十人やろな。そこに入れれば、あとは全日程参加や」と阿久さんは言った。それにしても、まだ二年もあると思ってしまう。

同じ釜《かま》のメシを喰った仲間とは言えないけど、この三十人と温泉にでも浸かりたい。だがそうもいかない。あと三十分でお別れだ。

調子はいい。

給水も順調に摂れた。

キャップとサングラスはランナーにとっては邪魔で、特にサングラスは顔の汗をぬぐえないから鬱陶しい。でも今日は最後まで捨てられない。ドームの照り返しを、裸眼で見たらたいへんなことになる。

いいぞいいぞ。気分はラムの海岸線だ。まだスパート前だけど、やっぱりあの風景が頭に浮かぶ。

しかしケニア行きは本当にありがたかった。

二年間の経験はメチャクチャに大きい。実際に走らないと分からないことを、たっぷりと経験できた。

ケニアでの一歩一歩を鮮明に思い出せるくらいだ。すごい優越感だ。

この中に、巨大なコウノトリと並走したことのあるヤツ、いるか？

湿度百パーセントの海辺を走り込んだヤツ、いるか？

「ケニア赴任で、なにが一番の収穫だった。答えなさい」

いきなりおやじの眼鏡ヅラが出てきた。出たなおやじ。

おやじの執拗《しつよう》な質問攻めにも即答できる。

「マラソンを、長いと思わなくなった」だ。

「具体的に言いなさい」

「四二・一九五キロって、苦行だと思ってた。もともと短距離をやってたから、五千メートルでも長いって。それが、そうでもないって分かった」

「〝それ〟とか〝そう〟とか、あいまいな言葉を使うな」

「大学では、二十キロを強く速く走る練習をしてきたから、フルマラソンには畏《おそ》れがあったんだ。キング・オブ・陸上競技だからね。イメージだよ。最初に走ったときにはキツかった。でもケニアに行くと気持ちがラクになった。ケニアのランナーは、全然苦行だと思ってない。楽しく走ってる。じゃあおれも、そうしようと思った。そのうち、ケニアの仲間に誉められてね。タケル、楽しく走れるようになったね！って」

「気持ちの問題か」

「そういうこと。苦行だぞ、ツラいぞ、三十キロ地点からが勝負だぞ、全力を出し切るぞ、自分との戦いだぞ、国を背負ってるぞ、なんて思うと楽しくない」

「日本人は、生真面目に考えてしまうところがあるから、おまえくらいの発想がちょうどいいというわけだな。いい出会いを作ってくれた青葉製薬に感謝しなさい」

「感謝します」

「ケニア人の友達にも感謝しなさい」

「それでお礼代わりに、腹筋チャレンジを教えてやったんだ。そしたらアイツら、バリエーションの多さにびっくりしてたよ。日本人ってすごいって。いろいろ考えるねって。日本人と言うより、大学のあぶさんが考案して、おれが追加したメニューなんだけどね。アイツらも腹筋運動はやるけど、かなりテキトウなんだ。もともと、身体的な強さがあるせいかもしれない。日本人は胴長だから、特に腹筋が大事なのかも」

「ケニア人ランナーの強化に一役買ったんだな」

「そうなんだ。そうしたら阿久さんが珍しく怒ってさ。敵に塩を送るようなマネしたらアカン、って」

「みみっちい男だ。秘密主義がすべての文化の発展を遅らせる。将棋に秘密主義は存在しない。一手一手に意味があり、それをみなが共有する。新手が出ても、指した本人が意図を話す。周囲も検討し、本人が気づかなかった新たな発見が生まれることもある。みみっちさがない。そこへいくと、スポーツの世界はまだまだだ」

「おれもそう思う。腹筋チャレンジ、教えたところで、ケニアのランナーはあんなこと絶対に続かないよ。全部やるとフルマラソンと同じ時間がかかるんだから。そんな忍耐力、ないもん」

「しかし天才はどこにでもいる。赤道付近にも勤勉な天才はいる。千人中一人がおまえのトレーニングを見習えば、その人間は抜きん出る。そうしたら、おまえは国家機密漏洩《ろうえい》罪に問われる」

おやじが珍しく冗談を言い、にやりと笑う。そして眼鏡ヅラが消えた。

熱風の中におやじが出てきたのは想定外だったけど、まあいい。

そうなんだ。みみっちいことがおれも嫌いだ。だからロングスパートを秘密にするって発想にも抵抗がある。でもロングスパートは明快で豪快な作戦だからいい。

集団はスローペースで落ち着いている。

前を行くのは十人くらい。風よけならぬ〝熱風よけ〟を気にして、先頭がときどき入れ替わったようだ。

実際、風はほとんどなく、ランナーが風を作っている。一歩一歩、熱い空気の塊に切り込んでいく。

そろそろ二十キロ地点だ。

ここまで走ったら、改めて体調を見極めるのもランナーの義務だ。足が重いのか軽いのか。重くなったのは何キロ地点からだったか。

四二・一九五キロの間には必ず山と谷がある。悪くなったとしても、良くなるときも来る。それは各ランナーが経験的に知っている。後半に向けて、戦略を立て直すんだ。

おれの走りは悪くない。上々だ。

ペースは遅いし、暑さは大好きだし（強がりだ！）。

なにより、ロンスパ地点が迫っているから、ワクワクしてしまって。冷静な体調の見極めなんてできやしない。

その少し手前で、コースが90度折れる。ここここそが仕掛けるポイントだ。

カーブを曲がれば、わずかだが集団のスピードが落ちる。わずかだが景色が変わる。その瞬間だ。

集団の中位、位置は真ん中を走っている。カーブ前の直線で徐々に外に出た。みな、カーブで内側に行きたがるから、すんなり外につけた。

カーブが迫る。さあ、行くぞ。

おれの左脇にコウノトリが飛んできた。やっぱり来たか。自然と思い浮べることができた。埼玉はナイロビと違って暑いだろうけど、しばらく並走してくれよ。

先頭の姿が消えた。

白いユニフォームが次々に左に曲がる。

外側から強襲だ。一気に十人抜いた。

カーブを曲がると前に十人。次々に抜いた。

白ユニフォームが消えた。風景が劇的に変わる。

スピードを上げてからの一分間は、絶対に後ろを意識しない。着いてくる気配が気になるところだが、前だけに集中する。気迫で差を広げるんだ。

これも阿久理論だ。

「スパートを見た後続は、一瞬のうちに考えるんやな。これはホンマのスパートか、とりあえずの揺さぶりか、って。スパートの背中の気配で、一瞬で答えを出すんや。一瞬で判断せんと、必ず遅れるから。で、ホンマのスパートやと判断した後続は、着いていくか静観するかを決める。これも一瞬やで。揺さぶりと判断した場合は、ほぼ静観や。一流ランナーならブレないやろな。だから、ホンマのスパートだけが集団を揺さぶれるんや。着いていくのか静観か、必ず迷う。一瞬のことやが、この一瞬の差が大事なんや」

サングラス越しの風景にブレはない。このスピードが身体も安定する。ケニアではこればっかりやってきたんだ。

前半の二十キロは大いなるウォームアップだ。スローペースだったし。

並走していたコウノトリがいつのまにか消えている。

いいところで出てきてくれて、ありがとう！

一キロ進んでゆるやかなカーブ。そこで後続の気配が分かる。

誰も――着いてこない。

「アイツ誰や？　ちゅうくらいのもんやろ」

阿久さんの顔が浮かんでくる。

「スローペースに我慢しきれなくなって、飛び出しおったな。暑いのにムチャしよるで。そう思っとる。全員静観や」

そういうことになったようだ。

「これが、たとえば川村なんかが飛び出すと、半分くらいは迷うわな。そのへんがノーマークのいいところよ」

阿久さんの顔を消して、次に出てきた給水を取った。

水が美味い！　今日は特に！

この美味さって、マラソンを走らなきゃ、味わえないんだろうな。しかも今日はとびきりの天候だし。

またおやじが出てきて、「どういう美味さか、説明しなさい」なんて言う。この忙しいときに。

「涸《か》れた大地にでもなったような、ありがたい気持ち」でどうだ。

給水を取るストレスがない。接触して足がもつれて転倒なんてことはありえない。これもロングスパートの長所なんだ。

もちろん良いことばかりじゃない。一人旅で難しいのはタイム管理だ。レースは生きてるから、ラップタイムを途中で修正する。走ってる最中の計算がたいへんだけど、これも慣れだ。

二十キロ地点で七十分。文句ナシに遅い。

暑いことは分かってたから、ざっくりとしたシミュレーションは事前に済んでいる。

ゴールタイムはどのくらいか。

このスローペースだ。後続は三十キロ地点から猛スパートをかけてくるだろう。一番速い持ちタイムの選手で……二時間二十分くらいか。

するとおれは、後半の二十キロを六十五分で行けばいい。

ケニアでの「即スパ」なら、お釣りがくるくらいラクショウのタイムだ。

でも気持ちを引き締めなくちゃいけない。この暑さで二十キロ走ったあとなんだ。

足は出てる。

条件はまったく違うけど、ケニアでは二十キロ五十六分で入ったこともある。コースの計測は目分量だけど。

集団から飛び出したのは、まさに身体が覚えたそのペースだった。

おれの〝勘〟が「行け！」と叫んでいる。

緩めずに三十キロ地点まで飛ばすことにした。

残りの十キロちょっと、どうなるか分からないけど。

決めたら行くしかない。

気合いを込めて足を出す。

周回コースは風景に飽きる。だからラムの海岸線を思い浮かべながら走る。

三十分が過ぎた。

常に給水を取る。

かなりへばってる。

異常な暑さだ。思わないと決めたけど、異常だ。

ケニア人ランナーのトップ十人がエントリーしていたとしても、全員リタイアだろう。

暑さで心がポキリだ。

さすがに足が重い。

まだトップで粘っているが、明らかな失速だ。

マラソンレースには必ず調子の波がある。

重かった足が十キロ走ると軽くなる。次の十キロでまた重くなる。そこで我慢して粘っているとまた軽くなる。

今日はそういう意味でも異常だ。

二十キロまで、ペースだけなら誰も苦しんでない。調子の波が普通とは違う。

それから十キロを絶好調で飛ばした。そして足が重くなった。

あと十キロ、我慢か？

足が軽くなったとして、二・一九五キロしか残ってないぞ。

厳しい。

もうケニアの広々とした風景も消えた。

美しいだけのラムの海岸線の光景も消えた。

詩のリズムもない。

苦しさだけがある。

ドームの照り返しがキツい。ねっとりとした暑さの中に、突然鋭い光が切り込んでくる。

ひどく神経に障る。

給水が二キロごとにある。給水を目標に走っている。

かなり異常だ。

なにがロングスパートだ。

十キロしかスパートできてないじゃないか。

猛烈に腹が立ってきた。

このまま失速したら、ただのアホだ。

秘密兵器でもなんでもない。三十キロまでスローペースで我慢して、ラストを思う存分スパートしたのとなにも変わらない。

太郎が見てたら「バカ!」ってなじられる。

絶対に失速しない。

とりあえず五キロだ。

あと五キロ、粘り切ろう。

三十五キロ地点になったら、またそのとき考えよう。そう決めた。

粘った。

まだなんとか先頭だけど……。

身体が溶けていく感じ。あと七・一九五キロ、おれの身体、残ってるかな。

このままだと必ず後続に追い付かれる。

入賞するためには、どのくらいスピードを落としてもだいじょうぶか。

いや。完走できるかどうかだ。

たぶん何人か、すでにリタイアしている。白いユニフォームがコース外を歩くのが目に入った。周回コースだから、それが分かる。

今日は、かなり異常なんだ。

陸連も、失敗だったと思ってるはずだ。

フォームを崩しながら、給水カップを二つ取った。

一つを飲み干し、一つを頭からかけた。

かけたあと、キャップを脱ぎ忘れていることに気づいた。

仕方ない。

目標の下方修正だ。

完走を目指そう。

26

視線を上げたそのときだ。

最後のドームの照り返しが目に入った。

「タケル、折るのか」

おれの頭の中に、あぶさんが出てきた。

修学院大監督のあぶさんだ。

「気持ち、折るのか」

あぶさんが厳しい顔でおれを睨む。

大学二年の箱根駅伝。おれは復路8区を走った。襷は往路で途切れていた。三十万先輩が山上りの5区でリタイアした。低体温症と脱水症状だった。だから復路は失意の三十万先輩を救うためにもがんばろうと臨んだんだ。でも山下りがブレーキになって、8区は繰り上げスタートになった。そしておれは遊行寺の急坂で無様に失速した。夜のミーティングで、あぶさんにおれはメチャクチャに叱《しか》られたんだ。あのときはさすがに凹んだ。

「気持ちで選んだヤツが、気持ちを折ってどうする」

あぶさんはそう言った。

「走り始めて、調子が悪いと思うことは誰にでもある。今日は無理しないほうがいい。そう思ってしまうことはある。そういうとき、気持ちが乗らない理由を頭で考えてしまうんだ。暑い。風も強い。ケガした箇所の調子もよくない。そんな理由をひねり出す。それは、気持ちが弱いからだ。調子や情況がどうあれ、力を出し惜しみせず走る。なんとかして現状のベストを尽くす。それが気持ちの強さだ。タケルには気持ちの強さがある。タケルは人の期待に応えようとしている。自分が諦めたらそれまでだが、誰かのために走れば、簡単には諦められない。タケルにはそういう強さがある」

あぶさんが静かに語る。

「そんなタケルが、今、気持ちを折るのか」

はっとした。

猛暑なのに背中に悪寒が走った。

「折るのか」

「折りません！」

おれはキャップとサングラスを投げ捨てた。

あと五キロ。そこにゴールがあると思うことにした。

そこで倒れてもいい。でも気持ちは折らない。リタイア覚悟だ。

ものすごく疲労がのしかかっているのに、後続の気配ははっきり分かる。これがマラソンランナーの感覚なのか。

やっぱり来た。

そりゃ来るよ。オールジャパンのＴＯＰ30なんだから。

急に気持ちが明るくなった。嬉しくなった。走りはメチャクチャなのに。ワクワクして、笑いたくなった。狂ったかと思った。

「そのまま、そのまま！　来るな、来るな！」

阿久さんの声が聞こえたような気がした。競馬場でもそんなことを叫んでいた。コーチは特定の選手を応援しちゃダメだけど、阿久さんならやりかねない。

四十キロ地点まで来た。

足は出る。倒れず走ってる。

だいじょうぶだ。

ただし身体感覚がない。自動運転状態か。

スタジアムに一番で戻ってきた。

がんばった。

よく、あそこで持ちなおした。

いや！　まだ勝負中だ。レースを振り返るな！

トラックを二周してゴール。

後続の気配を確かめる余力がない。競技場に観客がいれば、雰囲気で分かるんだろうけど。

トラックのカーブのときに左後ろを見ようとしたけど、もう首が回らなかった。

ラスト、ラストだ！

絶対に逃げ切るぞ！

観客はいる。おれだけを応援してくれる観客だ。

ゴールでみんなが待っている。

おやじ、母さん、将。

太郎も、尚ちゃん先生も、美貴もいる。

温子、杉晴彦が二人で「青葉製薬」のブルーの大旗を振っている。旗の下には宮・笹コンビ、百々やんもいる。

もちろん阿久さんも。あぶさんにも誉めてもらいたい。

大学の同期もいる。後輩もいる。三十万先輩も来てくれてる。

トラックを半周すると、後続のランナーが入ってくるのが見える。

ぞくぞく入ってくる。メチャクチャに胸が熱くなる。

一周すると、すぐ後ろで息遣いが聞こえた。

来たな！

おれは足に力を込めた――つもりだが、身体感覚がない。

両腕を鋭く振った――つもりだが。

右から、熱い風が吹いてきた。

並ばれた。

「お待たせ」

そいつは短く言って前に出た。息を吐くついでに言ったのか。

川村か？　よく分からない。

誉めてるのか。余裕コキやがって。

そいつの背中にぴったり着いた。

目前にランナーの背中がある。あと少しでゴールだけど、なんだか懐かしい。ここまでずっと一人旅だったし。

しかし、ひどい一人旅だった。

意識が朦朧《もうろう》としている。

また右から熱風だ。

熱風がおれの右腕をかすった。

もう一人出てきた。

前の二人が並んだ。肘《ひじ》が触れ合うくらいに接近している。

おれはその間のすぐ後ろ、扇の要《かなめ》の位置に着く。

強烈な既視感が――。

まったく同じ情況を経験してる。

大学四年生の箱根駅伝だ。

あのときは太郎が左にいた。

太郎が前に出たとき、その背中に着いた。最後は右にいた美竹大アンカーに抜かれたんだ。太郎もおれも、出るタイミングが早過ぎた。

今はどうだ？

あと半周。このまま着いていって、最後のコーナーで外に出すか。

阿久さんが好きな競馬じゃないけど――おれは騎手で、競走馬でもある。

もう身体感覚がない。おれがムチをふるい、おれが動く。そんな感覚だ。

だめだ。大外では勝てない。

左のヤツは内側をコンパクトに回る。

それは右のヤツも分かってるから、必ず前に出る。

その瞬間だ。

カーブに差しかかった。
右が出た。ここだ！
ラストだ！
気合いを込め、おれは二人の間に割って入った。
すぐに内側に詰め、左の前に出た。
「優一！」
声を出した。
なぜか優一の名が出た。考えてない。
おれも驚いた。
あと百メートル。行け、タケル！　行け！
おれがおれにムチをふるう。
行け！　行け！
風景が揺れる。
揺れに揺れる。
白いゴールテープが迫る。
後ろにも横にも、もう気配がない。
入った！

テープが顔に絡まった。視界が急に赤くなった。アンツーカーの赤だ。
ゴールに倒れ込んだんだ。
自慢の腹筋でテープを受けたかったのに。

27

「よう粘ったで」

阿久さんがそう言って右手を差し出した。左手に水のボトルを持っている。冷たい水を頭からかぶりたいけど、せっかくの勝利の握手だ。おれも右手を出した。

「決まりやな」

受け取った水をぐびぐび飲んだ。それから顔を天に向け、上から水を撒《ま》いた。一瞬で水が湯になり、蒸発する気がした。

「ひどい。ひどいレースです」

「なんや、優勝しといて、グチかいな」

「ドームの屋根の照り返し、あれはひどかった。あれを六回も見せられたんですよ。やってられません」

「心、折れそうになったんか」

おれはうつむいて首を横に振った。水滴が飛び散る。

「二年後の東京は、たぶん同じ風景は見んでエエからラクや。ただし体感ではもっと暑いで。おまえさんにとって、暑さは味方や」

首を振り続けた。今はうなずきたくない。早くシャワーを浴びたい。水風呂に飛び込みたい。

「そや。時崎、来とったで」

え？　おれは周囲を見回した。

「おまえさんたちの実家、すぐやろ。今宵はビールでも飲んでお祝いせいや」

「ぐびぐび飲みたいです。一緒に、どうですか」

阿久さんはのろのろと首を動かした。陸連で夕食会があるという。

「会議も兼ねとるんや。おまえさんのこと、熱烈に推しといたる。◎や。て言うか、真っ先に話題に上るやろうから、おまえさんの脚質を話したる。暑さに強いこと、内臓が強いこともや。ま、当確やろな」

おれは頭を下げた。

「今日は祝杯を上げてもエエけど、ここからが勝負やで。ほんでな。提案があるんやが」

「なんですか」

「オレはプロジェクトチームを作るのが好きなんや。言い換えれば共同体や。もっと簡単に言えばチームや。チームの定義、言うてみいや」

おやじと話しているような気分がしてきた。そのせいか、この手の質問には的確な返球ができる。

「共通の目的を持った人間の集まり、ですか」

「そのとおりや。正確には『共通の目的を持った優秀な人間の集まり』やな。誰でもエエわけやない。代替不可能の人間がチームを作る。特長はスピードや。意思決定、実行、変化への対応が素早いことや。せやから少人数が鉄則や。二人でもエエ。今、おまえさんとオレは、すでにチームを形成しとるわけやな」

そのとおりだ。目的は東京オリンピックで金メダルを獲ること。そのためにロングスパートを研《みが》くこと。たしかに、おれと阿久さんは代替不可能のコンビだ。

「オレ一人でも、おまえさん一人でも、目的は達成でけん。せやけどチームならばいける。1プラス1が2以上になる。これが優れたチームっちゅうわけやな。ここまで、エエか」

はい、と返事をした。

「しかし、や。このプロジェクトは世界最高クラスの難易度や。さらにチームを強化せなアカン。そこでや」

阿久さんがおれの目を覗《のぞ》き込む。おれはうなずき、ボトルの水を飲み干した。

「時崎、入れよか」

思いがけない名前が出てきて、おれは小さく声をあげた。

「コーチになってもらお。ずっと並走できる実践コーチや。普通の気温で走れば、おまえさんより速いんちゃうか」

「でも、どうやって」

「なにも難しいことあらへん。時崎は上新やめて自由の身や。せやから、オレが青葉に押し込んだる」

太郎が青葉に！

駅伝がオリンピック種目に決まったとき以上の驚きだ。

「押し込むって。阿久さん、青葉をクビになってるじゃないですか」

「クビなったおかげで、金メダルプロジェクトチームが作れた。オレは金《カネ》では失敗したけど、金《キン》では成功するで。おまえさんが金メダル獲ったら、青葉への経済効果、どのくらいになる思うとるんや」

「陸上部、復活しますかね」

「一発で復活やろ。専用競技場くらい作るんちゃうか」

「そうなると、阿久さんも復帰ですか」

「それはアカン。恩赦《おんしゃ》言うセンもないことはないが、オレもそこまで厚かましくない。まあ、競技場内に喫茶店でも作ってもろうて、そこのオヤジにでもなるわ」

「活性酸素対策のビタミンジュースなんかを出すといいですね。店の名前は？」

「まあ、『喫茶・ロングスパート』やろな。そや。〝即スパ〟言うスパゲティ出したろか」

おれは周囲をはばからず大声で笑った。アホな会話だ。でも欣快《きんかい》だ。太郎まで笑ってくれるようで。

「青葉の人事は、社長マターの即決やから、ヤツを拒む理由なんてない。おまえさんをゴリ押しで獲ったのも、箱根のゴール前デッドヒートを観とったからやろ。そんとき、時崎のことも観とるはずや。話は早いで。それにや。ヤツはおまえさんとは違って賢いから、どんな仕事でもできるやろ」

「その話、太郎は知ってるんですか」

「まだ、なにも話しとらん。時崎にアドバイスしたったのは一つだけ。筋トレやれってな。鍛えた筋肉は鬱病治療に効果がある。最近の研究で分かったんや」

「本当ですか！」

「おまえさんに言っても分からんやろうから、詳しいメカニズムは省くで。鬱病を誘発する神経毒を、筋肉が解毒する言うんやな。キヌレニンいう毒を、筋肉はキヌレニン酸に変えるんやが。時崎はちゃんと理解しよった。『キヌレニン酸は、脳の血流関門を通過しないからですね』などと言いよる。アイツはホンマに賢い。今、時崎はスクワットをやっとるよ。腿が一番大きい筋肉やから、ここを大きくするのが効率がエエんや。そう考えると、マラソンランナーは筋肉を使うけど、肥大はさせへん。ひたすら疲弊させる。今後のトレーニング方法に一考アリ、や」

太郎にスクワットをやらせるなんて。阿久さんじゃなければ、絶対に思いつかない。

「大阪で一緒に寮に住んで、一緒に走るんや。あと、腹筋も一緒にな。時崎にも、大阪の空気を吸わせたらエエ」

おれは阿久さんの目を見つめた。猛暑のマラソンでくたくたなのに、温かい眼差《まなざ》しに胸が熱くなった。

阿久さんは――。太郎の再生をも考えているんだ。

太郎はリタイアしたわけじゃない。東京オリンピックの次だってある。東京の四年後、マラソンランナーとして脂が乗り切っている歳だ。おれに合ったアドバイスをくれるように、阿久さんは時間をかけて太郎にぴったりの指導をするつもりなんだ。

よかった。おれは息を吐いた。今日一番深い息を吐いた。

太郎に阿久さんを会わせて本当に良かった。

おれも阿久さんと出会って良かった。阿久さんのいる青葉を推薦してくれたあぶさんにも感謝した。……遡《さかのぼ》っていくとキリがないけど、人との出会いに感謝した。

これで太郎もだいじょうぶだ。

おれも磐石《ばんじゃく》だ。阿久さんの「アホ！」に、太郎の「バカ！」が加わるんだから。

優一の墓参りにも、いつだって一緒にいける。

もう一度、頭を下げた。頭が重い。

頭を上げると、阿久さんが右手を出している。舌を出すようにペロリと。

「ほんでや。諭吉、ある?」

やっぱりこれか。

おれはうなずき、ロッカールームのほうを指差した。

「あれで陸連もしっかりしとるから、会議後の宴会はワリカンなんやな。金《キン》を取るにも金《カネ》がかかるで」

これから検査もあるし、着替えてから言ってほしいけど、このタイミングも悪くない。

二年後のゴールでも同じシーンが繰り返されるのかと思うと、笑いが込みあげてくる。

いや、だめだ。

たぶんそのとき、財布はおれが管理していないだろうから。

28

最高に気持ちのいいシャワーを浴び、阿久さんに諭吉を一枚渡したところで、太郎から短いメールが入った。

「いい走りだった。気持ちが熱くなった。ロングスパート、本番でも行けるぞ。ビールでも飲みたいところだが、やることがあるから先に帰る。

走水剛、いいランナーになったな！」

脚が痛いけど、おれは飛び上がった。やることがある、っていうのがいい。スクワットか？　なんだか知らないけど、今、太郎にはやる気がある。

おれも短く返信した。

「大阪に『大衆割烹ホームラン』って店がある。なに喰っても美味い。ビールはまたそこで飲もう。」

送信したあと、「いけね！」と思って追伸を書いた。

「割烹って言ってもメチャクチャに安い。阿久さんの行きつけだ。三人で飲んで喰って、諭吉一枚でおつりがくる」

気持ちが大きくなって、タクシーを奮発した。最寄りの熊谷駅まではなく、南上州の実家まで乗った。エアコンの効いているタクシーは天国のようで、すぐに眠ってしまった。こっちのほうは諭吉一枚では足りなかった。

温子にすぐ連絡を入れた。一着だと告げると、「やったね」と言った。案外落ち着いた声だ。明日、大阪で会う約束をした。

落ち合う場所で迷ったが、心はともかく身体が極限まで疲弊してるから、ゆっくりと美味いものが食べたい。それでやっぱり『大衆割烹ホームラン』の名を挙げると、温子は諒解した。「好きなところでええやん」と言う。

大阪も暑い。熊谷よりも暑い。賑やかで人が多く、熱気に溢《あふ》れている。建物や人の距離感が近い。靄《もや》のかかった夏空まで近くに見える。

待ち合わせは夕方五時。四時半には店に入った。

「外、アホみたいに暑いやろ。今日も独走かいな」

タコ入道のような店主に聞かれた。

「じきにツレが来ます」

「阿久さんか」

「いえ。違う意味で、店が輝くツレです」

「そりゃ、エエこっちゃ」

相変わらず緩やかな雰囲気がいい。エアコンがガンガン効いていて、壁に貼《は》ってある名物のオヤジギャク短冊が冷気に揺れている。「今月の一席」は、「キタ（大阪市北区）はいい飲み屋が多く、ついハシゴしてしまい家に帰れない――北区困難者」だ。「二席」は、「オレに触ると低温火傷《やけど》するぜ」だ。笑ってしまう。ウマいもんだ。

五時きっかりに温子が現れた。おれは思わず声をあげた。

髪がベリーショートになっている。

入社式で見た、出会ったときと同じ髪型だ。シャツにもパンツにも見覚えがある。入社一年目の秋、神戸マラソンのゴールで待っていてくれたときと同じだ。こないだまでは色っぽい雰囲気だったのに、学生風に戻った。

「おめでとう。ようがんばったね」

温子がカウンターの左横に座った。大きなイヤリングが耳で揺れている。金色のイヤリングだ。

おれは我に返り、瓶ビールを頼んだ。温子が来るまで我慢していたんだ。店主がビールを差し出すとき、「ホンマ、店が輝いたな。別嬪《べっぴん》に磨きがかかっとる。阿久さんとは月とスッポンやで」と言った。

「やっぱり、そっちがいいね」

「髪？　気づいてくれたん」

当たり前だ。これで気づかないようでは人間失格だ。

おれはうなずく代わりに笑った。

「そっちのほうが、可愛いよ」

「そやろ！　期待どおりの言葉や。やっぱり期待に応えてくれるね」

コップを合わせ、乾杯した。

「タケルも、日本陸上界の期待に応えたんやろ」

「そんな大げさなもんじゃないよ」

「決まりなんやろ」

「アピールはできたけど、まだ二年ある」

「決まり、言うたんやろ、阿久さんが」

「阿久さんの中ではね。でもあの人の〝本命〟はいつも外れるからな」

「決まりよ。日本人で一番暑さに強いってことなんやから。阿久さん、陸連にも一目置かれとるんやろ」

「どうかな。いろいろあったし」

「ええ人でしょ」

「おれにとってはね」

〝諭吉寸借〟が玉にキズだけど、あんなものはたいしたことじゃない。

「阿久さん絡みで、一番ええと思ったことって、なに？」

「そうだなぁ。活性酸素対策をうるさく仕込まれたことも良かったけど。あれで案外、励まし上手なんだ」

「どんな感じ？」

「青葉に入ったばかりのとき。おれは東京オリンピックで金メダルを獲るって宣言したんだけど、阿久さんは『行けるやろ』ってさらっと言ったんだ。前の東京オリンピックで活躍した円谷さんと君原さん。知ってる？」

「もちろん、知っとるよ」

「二人とも、オリンピックからちょうど六年前の高校総体で予選落ちしてる。六年かけて日本代表になったんだって。『せやから、おまえさんも行けるやろ』って」

「ええこと言うやん」

「あの感じで、さらっと言うんだよ。『ホンマかいな』って思っちゃうよ」

「その言葉を、ホンマと思うか冗談と思うか。そこで差が出るのよ」

「阿久さん、ひょうひょうとしてるけど、冗談は言わないんだ。おれが金メダルを獲ったら、出版権とか講演権とか、全部オレに寄越せって。それって、マジなんだぜ」

「オモロいおっさんやね」

注がれるままにビールを飲むと、大瓶一本がもう空だ。

とりあえず酒はここまで。そう決めてきた。

阿久さんの話題もここまでだ。

「それでさ。約束どおりって言うか、約束したわけじゃないけどさ。おれの中で決めたことなんだけど」

なに、という顔で温子がおれを見つめる。

「結婚しよう」

用意してきた言葉を放った。

「おれと一緒になってくれ」

この瞬間、昨日のロングスパートの第一歩を決意したときよりも気合いが要った。

温子の笑顔が――写真のように止まっている。

店主がカウンター越しに皿を差し出してきた。その皿をおれは受け取れない。店主の動きも止まった。

「ええよ」

温子の笑顔が動いた。

おれは息を吐き、手を伸ばして皿を取った。真ん丸のフライが五枚。白い皿で黄金色に輝いている。

言葉も出せず、箸《はし》も動かせない。コップも空だ。ただただ、おれはうなずいた。

「期待に応えたんやね」

うなずき続ける。

「美味しそうやね。これ、なんです?」

温子の視線が店主を向く。声が弾んでいる。

「玉ねぎや。シンプルやけどウマいで。血液サラサラになるで」

「美味しそう!」

「グッドタイミングや。ちょうど油を入れ替えたんところや。酸化しにくいエエ油よ。サクサクやで」

「活性酸素対策ですね」

「よう知っとるな。さすがは阿久さんの弟子や。そうや! エエこと思いついたで」

店主が嬉しそうに言った。

「よう言うやん。オリンピックは参加することに意義があるって。酸化することには異議がある、ちゅうのはどうや」

温子が顔を上向けて笑う。おれもようやく声を出せた。

「じゃあ、こういうのは？」

温子が店主に言った。

「あるベテラン選手の言葉。オレももう年やから……。参加するごとに息が上がる」

「ウマい！　今月の一席、決まりや！」

温子が右手で拳を作った。可愛い仕草だ。

胸が空いて、おれは出てくる料理をばんばん食べた。結局ビールも追加した。

ビールに口をつけていると、阿久さんからメールが来た。「阿久さんからだ」と言って、おれは温子の前でメールを読んだ。


「今ごろは、ホームランで祝杯か？

約束した件、守らんといかんな。教えたるわ。

奇蹟のマジックや。額縁の裏の『ハートのクイーン』や。

あれは、二年前から仕込んであったんや。

ヒゲのマジシャンは、二年前に一度、その家を訪れとった。そんときは先輩マジシャンの助手として。

そんとき、そっと仕込んでおいたんや。数年後のためにや。

これが奇蹟の正体や。奇蹟ちゅうのは忍耐や。創意工夫や。そしてガッツや。

将来、どこのパーティに呼ばれるか分からんけど、とりあえず行く先々で仕込みをしとったんやな。あとは呼ばれるのを待つだけや。じっと、何年も。

これやで。忍耐と創意工夫とガッツや。

それから、オレも祝杯あげとる。

今日の新潟のメーンレース、おまえさんたちのヒイキにしとる『ノーブレーキボーイ』が勝ったで。堂々たる逃げ切りで、重賞初勝利や。きっちり的中させてもろうた。走水と時崎に感謝やな。」


ノーブレーキボーイも頑張った。そのまま！　って阿久さんの絶叫が聞こえてきそうだ。

それから、いつか阿久さんが書いて寄越した不可能マジックのタネあかしだ。そんなこと、すっかり忘れていた。

「なんやて？　噂《うわさ》したらメールが来るなんて。以心伝心やね」

「忍耐と創意工夫とガッツが大事ってさ。オモロいおっさんだ」

「マラソン、忍耐と創意工夫とガッツが要るもんな。疲れたやろ。二日連続でゴールインしたんやから」

温子が言った。

ふうと吐いた息に、昨日飲んだスポーツドリンクの香りが混じっている。

「二年経ったら、声援を送る人が一人増えるんよ」

うん、とおれはうなずいた。

え？　増えるって。

「どっちか分からんけど。可愛い盛りや。金メダル、ちっさい首にかけてやってね。ねっ。絶対やる気出るやろ」

どういうわけか、おれはおやじの顔を思い浮べた。

おやじがおじいちゃんになる。まさか、孫にまで断言調で説教しないだろうな。しかしデレデレのおやじの顔は思いもつかない。

いや、おやじのことなどどうでもいい。おれがおやじに？　妙な気分だ。どんなおやじになれって言うんだ。

「タケルがオトンになるって、ちょっと想像つかへんね」

照明のせいか、温子の笑顔が金色に輝いて見える。

おやじは無愛想でも構わないか。オカンが飛び切りの愛想よしだから。

「ねえ、瞬間的に、どっちを考えた？　男の子？　女の子？　きっとその通りになるわ。

そういう勘、きっと当たるねん。タケル、勘だけはええから」

男の子を思った。ボーイだ。

でも言葉が出ない。

「なに黙っとるんよ。タケルって勘はええけど、空気読めへんな。ちゃうか。ホントは勘も悪いんちゃう?」

うなずくしかない。

「あっちゃんはどっち思うた?　そう聞かな。そういう流れやろ」

笑ってコップを手にしたが、ビールの泡の残りだけがある。

「まあ、流れを無視してスパートするくらいやから、それでええのか」

おれは金色のフライを丸ごと口に入れた。噛み崩すと甘味が口いっぱいに広がる。

「アホやね。ふつういっぺんに食べる?　コロモ、こぼれとるやん」

温子の差し出したクリーム色のハンカチを、おれはうなずきながら受け取った。

謝　辞

本書執筆にあたり取材の過程でさまざまなヒントを与えてくださった日本陸上競技連盟および、富士重工業株式会社ＳＵＢＡＲＵ陸上競技部の奥谷亘監督、國學院大學陸上競技部の前田康弘監督と、それぞれの部員の皆さんに、心より感謝申し上げます。ありがとうございました。

【主な参考文献】
夏目漱石『坊っちゃん』（新潮文庫）
『三好達治詩集』（ハルキ文庫）
竹内靖雄『チームの研究』（講談社現代新書）
松田素二・津田みわ編著『ケニアを知るための55章』（明石書店）
武田ちょっこ『ケニア・タンザニア旅ガイド まるまるサファリの本 ver. 2』（出版文化社）

ハルキ文庫

す 4-6

デッドヒートV

著者 須藤靖貴《すどうやすたか》

2015年5月18日第一刷発行

発行者 角川春樹

発行所 株式会社角川春樹事務所
〒102-0074 東京都千代田区九段南2-1-30 イタリア文化会館

電話 03(3263)5247(編集)
03(3263)5881(営業)

印刷・製本 中央精版印刷株式会社

フォーマット・デザイン 芦澤泰偉
表紙イラストレーション 門坂 流

ISBN978-4-7584-3897-1 C0193 ©2015 Yasutaka Sudo Printed in Japan
http://www.kadokawaharuki.co.jp/[営業]
fanmail@kadokawaharuki.co.jp[編集] ご意見・ご感想をお寄せください。

須藤靖貴の本

力士ふたたび

現役時代、気っ風のいい突き押し相撲で人気を博していた十両の秋剛士は、怪我に泣かされ、二十代半ばで引退した。それから三年——現在は妻の実家である瀬戸物屋を手伝う芹沢剛士が、相撲界の内幕を暴露する週刊誌の記事に登場した元親方を諫めるべく、そのマンションを訪れたところ……。かつて相撲雑誌の編集者として現場取材を重ねた相撲愛溢れる著者による、渾身の本格相撲ミステリー、書き下ろしで登場。

（解説・大矢博子）

ハルキ文庫